最后追诉

向 阳 // 著

人性三部曲之二

赎罪是一种修行苦旅，
罪是解决不了的。
任何用手段解决的罪，罪更大。

中国华侨出版社

·北京·

图书在版编目（CIP）数据

最后追诉 / 向阳著.—北京：中国华侨出版社，
2024.4
ISBN 978-7-5113-9098-1

Ⅰ.①最… Ⅱ.①向… Ⅲ.①长篇小说—中国—当代.
Ⅳ.①I247.5

中国国家版本馆CIP数据核字（2023）第235562号

最后追诉

著　　者：	向　阳
出 版 人：	杨伯勋
责任编辑：	肖贵平
封面设计：	张　蕾
经　　销：	新华书店
开　　本：	710毫米×1000毫米　　1/16开　　印张：14　　字数：146千字
印　　刷：	北京澎拜慧渊印务有限公司
版　　次：	2024 年 4 月第 1 版
印　　次：	2024 年 4 月第 1 次印刷
书　　号：	ISBN 978-7-5113-9098-1
定　　价：	69.00 元

中国华侨出版社　　　北京市朝阳区西坝河东里77号楼底商5号　　　邮编：100028
发行部：（010）64443051　　传　真：（010）64439708
网　　址：www.oveaschin.com　　E-mail：oveaschin@sina.com

如发现印装质量问题，影响阅读，请与印刷厂联系调换。

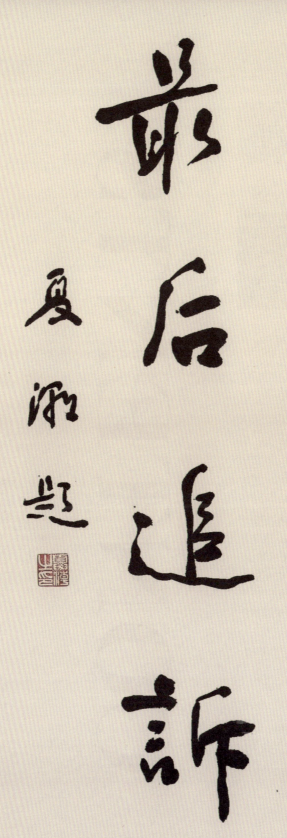

最后追诉

夏湘越

内容简介

　　一次车祸后的血液病牵出尘封十五年的疑案。围绕着拯救生命与救赎灵魂的本题，以解决法律秩序与人性善意的平衡，解惑事业执着与情感执念冲突，解题个体荣誉尊严与道德责任的出路为故事，并以最后五天追诉时效的悬疑，讲述三个纬度家庭——社会顶端、中产阶层、基层工薪，六个人——财阀、女强人、律师、女主持人、IT男、平凡女工在各自的人生信仰中相互博弈的现代传奇。

CONTENTS

&

目录

向阳

土家族

国家二级编剧 / 研究员 / 评论家 / 作家

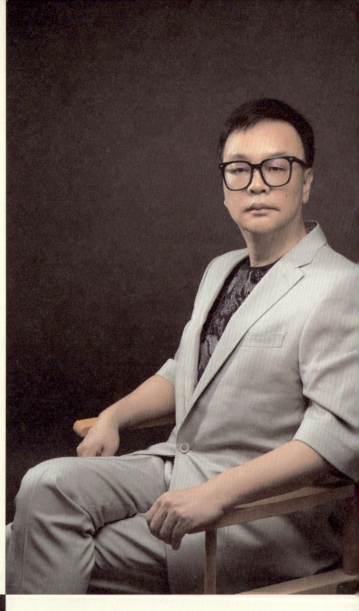

民盟中央文化委员会委员
社会服务委员会委员
中国作家协会会员
中国文艺评论家协会会员
中国电影家协会理事
中国散文学会理事
生态文学委员会秘书长
中国纪实文学研究会影视文学
创作委员会主任
中国少数民族作家学会副秘书长
南京大学中华图像文化研究所研究员
中国人民大学文艺复兴研究院研究员
北京语言大学世界汉语国际写作中心
常务副主任
中国文艺家杂志社执行社长，出品人，
总编辑
财政部监管国企中视协（北京）演艺
文化有限公司董事长

主要兼职：

中国电影家协会影视产业促进与投资
委员会副会长兼秘书长
中国电影家协会网络电影委员会副会长
中国电视艺术家协会影视合作促进委员
会驻会副会长兼秘书长

主要作品：

长篇小说《玉道昆仑》《昆仑赌石》
《善良密码》《最后追诉》
诗文集《奔向阳光》，诗集《心若向阳》
电视剧《人间终有暖情在》总编导，总编剧
电视剧《刑警战记》出品人
电影《第三双脚印》总编导，获世界民族电影节优秀剧本奖
太平洋国际电影节最佳处女作导演奖
电视剧《战旗如画》编剧
电影《忧郁的萨克斯》获亚洲国际微电影艺术节最佳作品

壹

凄风苦雨

那是一场关于处女与妇女、道德与贞德的是非价值的争吵。

　　横飞的雨点将临近黄昏的城市点缀成诗性的空间，但对于江纾媛而言，雨从来就毫无诗意。十五年前那场凄苦的夜雨在她的潜意识里从未终止。每逢雨天，她姣好的面容总是满脸愁云，每一滴雨就像麻疹般印在她的脸上。尽管今天是闺密的订婚大喜，但江纾媛略施粉黛的脸上看不出半点儿艳容。尤其是前窗不断被雨刷器抹平，却又前仆后继地扑向自己的雨滴，让她不断幻觉那已经飘逝了十五年的泪雨。倒是女儿如梨花带雨一般，仿佛雨滴就是从她初熟的心灵中迸出的快意，将她全部身心洗染得晶莹透明。女儿尚未换掉蓝白相间的校服，与车窗外刚刚燃放的灯花相互映衬着绚烂的时空。

　　心情抑郁的江纾媛在向右打方向盘时，不经意地看见副驾驶座上几乎和自己一模一样的女儿，禁不住打破了肃穆的气氛，询问女儿对于今晚即将到来的宴会是何种心情——是补偿味蕾，还是填补人生第一场豪华盛宴的空白？但女儿的回话令江纾媛备感诧异！

　　刘煜回答说："我的财主同学举办的生日 party，订的是中新酒店。爸爸就在这家全城唯一的五星级酒店上班，为什么不买一辆名车？魏雅思阿姨是主持人，参加订婚宴会的人一定非富即贵吧？我们这辆电车会不会显得寒酸？"

　　江纾媛一时语塞，虽然她明白现在十五岁花季少女的思想已不是她这个年龄的人可以用心灵鸡汤去温补的，但这种悄然滋生的攀比思想与虚荣的想法第一次从乖巧的女儿嘴里像脱口秀般蹦出来，着实让她不寒而栗。

她从小就给刘煜填鸭式充电——女儿家的财富都储蓄在颜值和品质的银行里，而不在家门口工商银行的存折上，也不在支付宝里；需要时，只要取出来，就可以享用一生。但今天，江纾媛意识到，这种能量都充到已经揳入暗钉的轮胎里了。

江纾媛思考了一下，指着女儿手中的华为手机说："初二时你们写过创业的作文，我记得你写的主题是华为的老板任正非？"

刘煜未等母亲说完，就怼了回去："妈，您想说的是中国首富自己坐公交的感人事迹吧？那是没有人亲历过的励志素材。妈，您知道什么叫'包装'吗？这个世界上还是土鸡汤有营养，打了激素，腌过了的鸡，再怎么添料都没味儿。"

江纾媛这次不仅语塞，连思想都塞满了雨水，甚至还感觉自己的世界再一次下起了滂沱大雨。停在红灯线最前面的江纾媛用手指敲打着方向盘，她不愿破坏女儿今天的心情，但她还想表达。她不明白一个十五岁的女孩心理年龄的成熟程度为什么会远超于身体年龄？这个时代都在讨论早熟，但早熟的生命就健康吗？她突然想起了十五年前的新婚之夜，那场改变她一生的争吵——一场关于处女与妇女、道德与贞德的是非价值观的争吵！虽然当晚刘敏捷冤枉了自己，导致自己在雨夜出走，并致使自己从此披上妇德的枷锁，直至现在仍无法卸除，但江纾媛从心底赞成刘敏捷那套贞操与处女的关联定义。虽然以现在的生态和心态来判断当夜的刘敏捷，他应该是有心理疾病的，但十五年前他愤怒的理由是成立的。她想起刘敏捷的那句话："处女膜虽然薄，却是女孩成为女人的价值厚度，这也是很多男人最在意的荣誉。"她突然害怕起女儿的成熟，担心这种成熟会让女儿过早撕掉荣誉的标签。

正当江纾媛不知所措时，电话铃声帮她结束了尬聊。手机屏幕上显示是魏雅思，江纾媛按了免提，听筒里传来准新娘既快乐又带点儿埋怨的声音："江纾媛，你是想放我鸽子吗？马上就要开场啦！我告诉你啊，这次如果你又给我搞什么幺蛾子，我们友谊的小船可是说翻就翻啊。"

江纾媛像是找到了出气筒似的："魏雅思，我可是早就明面上说过的，我这半老徐娘去凑热闹给你丢份，要翻今天就翻吧！正好这雨大到可以行船了！"说话的当口儿，江纾媛看见自己道上的绿灯亮起，于是猛踩油门。但没承想，斜向黄灯道上一辆豪华路虎商务车想抢黄灯，疾速驶入中间，与直行的江纾媛撞在了一起。尽管江纾媛踩了刹车，但商务车没有减速，车头惯性将江纾媛小电车的保险杠撞烂。商务车毫不理会小电车，径直扬长而去。江纾媛想去追赶商务车，便查看车号，但刘煜紧张又恐惧地喊道："妈，我胳膊流血了。"电话里，魏雅思好像感觉到了什么，赶紧问江纾媛是不是发生了什么状况，要不要帮忙？江纾媛没搭茬儿，挂掉电话后赶紧将车开到路边停下，回头查看女儿胳膊上的伤势。由于相撞的惯性，撞车的瞬间，低头刷抖音的刘煜本能地用手扶住前面，结果把胳膊剐伤了。一道深长的口子渗着血迹，在刘煜雪白的胳膊上，就像雪地里一条恐怖游动的深红色的细虫。

　　江纾媛难过极了，一面赶紧从包里找出几张创可贴贴在女儿的伤口处，一面对刘煜说："先去医院吧！魏阿姨那边的小船看来今天真要翻了！"刘煜看看创可贴，笑着说："没事了。我还是想去体验一下，看看明星的订婚礼，没准还可以看到魏阿姨台里的几个小鲜肉呢！"江纾媛又心疼又好气地说："小鲜肉可以疗伤？真不知怎么想的！当真没事？"刘煜若无其事地回答道："没事。"江纾媛只得重新发动电车。

　　夜幕中的雨点越发急躁，开始破坏路面摇曳的灯影。但这并未破坏刚撞江纾媛小电车的路虎商务车司机的好心情。车里的环绕立体声播放器里响起了许巍的《救赎之旅》，歌词很应景：

就像雨后开放天空的彩虹

这简单的七个音符来自阳光

这是如此不可思议的光芒

照亮了这世界

来自你无尽的爱

照亮我生命

也照亮了我的心

每次听到这自在的节奏

总是会在一瞬间唤醒我心

这是时光最悠然的舞蹈

是轮转的四季

茫茫无尽的天地

生生不息

向着灿烂的终极

这来自阳光灿烂七彩旋律

恩赐我通向自由飞翔的心

永不停息是你无尽的爱

是超越这轮回

是尘世通向极乐的彩虹之路

我们的救赎之旅

　　脸上有点赘肉、挂着胡须的司机附庸风雅，合着雨点和音乐节奏摇晃着赘肉和脑袋。后座是他刚刚接到的老板——章则，四十岁左右，脸庞清瘦又有些英气的男人闭着眼睛，半躺在椅子上沉醉于旋律。

　　"韩永春，四季真的在轮转吗？"男人没有睁眼，突然发问。正在开车的司机立即停止了摇头晃脑，回答道："章总，司机的轮子肯定来回啊。"章则的嘴角泛起一丝鄙夷，好像在自言自语："其实每一次轮回都是新的，新的太阳，新的雨……不，雨是旧的……"叫韩永春的司机压根没懂章则的哲学，有点谄媚地回应道："章总，您不愧为 211 毕业的高才生，哲学家啊！您每次出差回来都要去酒吧，这是不是轮回？"此时，章则睁开了眼睛，起身看着前窗后视镜里的韩永春，声音有了点情绪："酒吧每天都是新的，哪里来的轮回？"

章则不再想继续对话，换了一个话题："对了，明天旅游同业大会要在我们中新举行，你们说的网络故障搞定没有？这可不能掉链子，这是韩老爷子首次当选轮值主席的主场。"

韩永春回答道："放心吧，崔凯同主任亲自带人在盯。章总，这么重要的会明天就要开了，您为什么还要去酒吧呢？"章则似乎有些答非所问："因为它是'疗吧'。"章则看到，后视镜里的韩永春一脸蒙圈。韩永春继续发问："这十五年来，我们盘下这个酒吧，一直亏损，却还守着，这是什么商业玄机？您教教我怎么样？"章则挤出一丝复杂的笑容，说："不同的智商对应不同的玄机，无法交流。你好像今天去机场迟到了？"韩永春感觉出了章则语调里的不快，赶紧又堆起笑脸，解释说："今天雨太大，路上出现了很多意料之外的堵点，您看前面的水城酒店，都是车。"

章则分明感觉到韩永春的笑脸里藏有谎言，但不想再问。对于用谎言解释迟到的人，他历来深恶痛绝，但眼下这个司机是他小舅子，所以他能表现出来的就只有鄙夷，毕竟自己这个上门女婿是没有胆量将他调离的——虽然身为首富之女的妻子早就授权自己，只要不满意，随时都可以让这个被大学开除的堂弟走人。

水城酒店门前的确挤满了车，而且都是豪车。江纾媛的小电车在豪车堆里，如同当年的"麻木电驴"。刘煜起初连头都不敢抬，但外面的豪车实在是时尚的风景，她情不自禁地述说着豪车的车名：劳斯莱斯、宾利、保时捷、法拉利、兰博基尼、迈凯伦、阿斯顿·马丁、布加迪、帕加尼、科尼赛克、路虎揽胜、奥迪、丰田埃尔法、大众辉腾、凌志雷克萨斯LS、宝马五系ALPINA B4、途乐、凯迪拉克、英菲尼迪、朗逸……刘煜数完车后，按捺不住地兴奋，对江纾媛说道："妈，一个主持人竟然这么牛？有这么多捧场的？回头我也学主持！"江纾媛没想到女儿这么小，竟然对名车如此熟悉，心里有一股说不出的烦躁。但她没理会刘煜，而是用手机语音联系魏雅思："船没翻，你这个老姑娘的订婚礼可别怪我搅黄了啊，在门口准备停车了！"

韩永春一边从车流缝隙里见缝插针地超车，一边对章则发牢骚："您看，都说中新集团是首富，可我们这车，算得上是低调得寒酸吧！"章则并没有回应，指着前面江纾媛的小电车说，这才是最低调的！韩永春发现这辆小电车很眼熟，脑海中闪回十字路口的剐撞，于是赶紧放慢速度，对章则说："隔壁就是酒吧，我们就把车停这儿走过去吧！"章则点头，韩永春则四处寻找车位。

终于泊好车的江纾媛准备打伞接女儿下车，却被刘煜突发的惊恐声吓呆了。刘煜伸出受伤的胳膊，鲜血渗出创可贴，整个白嫩的胳膊已经变为红色。刘煜红色的胳膊随着她的喊叫声不断抖动！江纾媛赶紧脱下短外套，紧紧裹住女儿的胳膊，并吩咐道："按住，赶紧去医院！"江纾媛一面启动车子，从车位向外移动，一面拨打电话。电话里只有铃声，江纾媛对着电话喊："刘敏捷，快接电话啊！"但是电话没有回应，江纾媛只有语音留言："女儿受伤，准备去人民医院。筹点钱儿备着。"

韩永春见状，赶紧跟着江纾媛的车后开进空位，迅速打开雨伞，下车走到车侧门。电动门打开，章则下车，韩永春用左手遮住车上方，防止章则的头磕碰到；右手撑伞，熟练地遮雨。

章则经过车头，不经意间发现了商务车车头被剐撞的痕迹，问韩永春："这就是迟到的原因？"韩永春只得承认："路上剐蹭了一下，但没事！"章则变得严肃起来："你得老实回答，有没有车祸逃逸？"韩永春信誓旦旦："如果真有车祸逃逸，早就去交警队了。"章则依旧严肃："记住，所有的逃逸只会加深不幸！"说完径直离去。韩永春看着章则的背影，又看了看江纾媛的小电车散挂的保险杠，稍微犹豫后便紧跟着章则。

江纾媛的车被前面的车堵住，她连续鸣笛，但无济于事。江纾媛伸出头大声呼叫："前面让让，我女儿受伤了，快让让！"

章则见状，赶紧堵住一辆插进来的车，然后对韩永春说道："去，把另外一辆车也堵住。"韩永春回过神来，堵住另一边的车。让堵点处留出一条车的通道，江纾媛来不及言谢，急速离去。

连环横祸 **贰**

是命重要还是钱重要？医院不是慈善机构，但它是救命机构。

富丽堂皇的中新酒店网络中控室，网管刘敏捷、网络公司的两名技术人员和酒店工程部经理崔凯同正在查验交换机。戴着金丝眼镜、斯斯文文的刘敏捷一边指着交换机，一边报告已经谢顶的年轻的顶头上司这次发生网络故障的原因：平常对交换机的管理维护都是严格按照流程走，一般不会发生故障，但有可能是因为之前的物理连接不当，使每个楼层的中继交换机无法联通，继而形成每个房间断网；应该把现有的核心交换机设备换成路由交换机，同时再在交换机上对每个网络单位设置不同的虚拟工作子网，这样不同楼层的单位工作子网全部能通过对应楼层的交换机，连接到大楼的局域网中，并通过大楼网络中的硬件防火墙访问网络。

网络公司的一位女工程人员回应："这是一项庞大的工程，按你们现在所列的预算根本无法完成。"崔凯同也迎合："会议明天就要开始了，别出这种馊主意。总之一句话，章总需要明天整个中新酒店的网络达到三个技术标准：第一，不得断网；第二，网速要比现在快；第三，主会场不得有任何闪失，同时入住的客人不得有投诉！"

刘敏捷正要解释，一名服务员拿着电脑桌上的手机递给刘敏捷："刘师傅，你搁在电脑桌上的手机一直在响。"刘敏捷接过手机，发现有妻子江纾媛打来的五个电话，还有两条短信。刘敏捷脸色有点紧张，对崔凯同说："崔经理，我女儿出了状况，在医院抢救，我必须去一趟！"崔凯同回应道："现在是中新酒店的关键时刻，你一定得在现场！家里如果有事，可以先安排同事帮忙，或者让你家人撑一会儿。"但刘敏捷焦急万分，一改斯文："对不起了，崔经理，人命关天，这可是我亲闺女。网络断了总有办法修好，人没了，上哪儿去修？对了，您刚才说让同事帮忙，我这还有五天才能拿到工资，能不能麻烦您给财务部知会一声先打给我？女儿病重住院，需要钱。"崔凯同脸上不悦："我是工程部，指挥不了财务部啊！"刘敏捷着急道："主任能否先给凑点，五天后肯定还您！"崔凯同打开手机，转账一千："月底了，都见底了！"刘敏捷无奈地道谢："抢修方案我都发给网络公司这两位主管了！"说完便掉头往外奔去。崔凯同朝刘敏捷的背影喊道："刘敏捷，中新人应该有顾全大局的奉献精神！"

庆幸的是，夜色中的人民医院大门口已经没有了白天拥挤不堪的场景，江纾媛得以顺利将车停好。江纾媛扶刘煜下车，将虚脱的刘煜背上，急忙向急诊室方向快走。十五年前她生刘煜就是在这家医院，时隔十五年，她再次驮负自己的骨肉进入这家医院，不禁有点伤感。

外科急诊室的小护士看见两个鲜血淋漓的女人进来，赶紧推来一张移动床，一边协助江纾媛将刘煜放在床上，一边发牢骚："你们家男人呢？太没天理了，病人怎么回事？"江纾媛告诉护士："她爸爸马上到，拜托您先赶紧止血。"护士喊一旁正在应诊的女大夫姚娇："姚医生，这个病人大出血，您赶紧来看看！"喊完人后，护士对江纾媛说道："你赶紧去挂个号。带钱了吗？看病人的样子，很严重，估计得马上手术。""突发的，没带多少钱，她爸马上到，我先去挂号。您放心，您这赶紧治，不会差钱的！"说完，江纾媛赶紧跑出病房去挂号。

姚大夫指着病历，给一旁的实习医生交代完后，赶紧走到刘煜身旁，观察后对护士说："还待着干啥？血管、动脉没问题，怀疑是血液问题，先赶紧上手术台止血，然后通知家属准备验血输血。"护士说道："上手术台，按规定得先支付保证金！"姚大夫问道："她家长呢？"

挂完号的江纾媛几乎小跑着进来："大夫，已经挂号了！"护士在一旁说道："现在不是挂号的问题了，是流血过多，有丧命的危险，得赶紧上手术台止血！快去交保证金！"

"保证金需要多少？"

"起步两万！"

"护士，我身上没带那么多！您这先上手术台，她爸爸马上会到的！"

"这不是我说了算，医院的规矩是铁定的！"

"护士，您通融一下？最多半个小时钱就到了，我女儿不能等这半小时啊！"

之前还算热情的护士脸上开始出现厌烦且鄙视的神情，她见过太多这种眼泪，在这座白色的房子里，她已经对眼泪产生了抗体。护士冷漠地说："医院不是慈善机构，我们每天都会遇到你这种'眼泪'。"

文质彬彬的姚大夫放大嗓门，在一旁对护士说："是命重要还是钱重要？医院不是慈善机构，但它是救命机构。再费口舌，人都废了！我先担保，止个血不会让医院破产的，人赶紧送进去。快快，你们都来搭把手！"

江纾媛感动得差点儿跪下，她实在没想到，在这看惯生死的冷漠世间，自己和女儿还能感受到一丝温暖，现在的医院竟然还有这种为病人担保的大夫。江纾媛连声道谢，跑着先去缴费。姚大夫和护士以及过来帮忙的人一起把刘煜推到急诊手术室。

刘敏捷几乎是奔跑着到达手术室的。此时的江纾媛已经配合医生验完血型，脸色有些凝重。她边走出手术室，边回忆姚大夫刚刚说的话。医生告诉她，属于 Rh 阳性 A 型，她女儿的血型则属于较为罕见的 Rh 阴性 AB 型，也就是通常意义上的熊猫血中最为罕见的稀缺种类。江纾媛的血型和女儿不匹配，必须等丈夫验血。江纾媛询问过姚大夫，女儿目前是什么状况？为什么母亲不能为自己女儿输血？女儿这种血型是怎么形成的？姚大夫不仅是一个极其稀缺的医生，就像熊猫血的稀缺性一样，而且是一个"杏林高手"，用最简单、清晰的表述告知江纾媛："按照孟德尔的 Rh 血型定律，患者的这种血型都有遗传性。一般来说，需要父母双方有 Rh 阴性血型，至少是隐性遗传，即上溯几代的父母辈一定有这种基因，也就是平常说的隔代遗传；也有 25% 的可能，母亲是 Rh 阳性血型，但前提是父亲一定为 Rh 阴性血。这种遗传基因大多数来自少数民族，尤其是苗族人，占比为 13%；维吾尔族这种血型的人只占到 5%；蒙古族则只有 1‰ 的比例。"

江纾媛听完姚大夫的话，一种强烈的恐惧感让她感到眩晕——她知道，刘敏捷并非 Rh 阴性血。她突然惊恐地想起十五年前那个充满暴力的雨夜。她努力克制自己不去回忆那个夜晚，寄希望于刘敏捷的祖辈具有这种隐性基因和血型，这是根除这种回忆痛苦的根本。如果不是，那这对于刘敏捷和自己而言，都是恐怖的。这让她万分恐惧懊恼——那一夜，是她唯一一次隐瞒自己的不堪往事。她们家虽然有穷困的背景，却有诚实的基因。最令她恐惧的，还不是血型之源极有可能带来的家庭剧变，而是目前女儿必须输血，而且血源必须是 Rh 阴性 AB 型！现在医生明确告诉她，这家医院肯定没有，这个城市血库里也仅有微量存储，且不说能否满足，更重要的是这不是大夫甚至院长有能力争取到的。另外，姚大夫还告诉她，要做好思想准备，患者并没有伤筋动骨，而且被撞击部分出现的出血点都是针尖状，所有的血都是从这些出血点渗出来的，这在临床上是白血病的症状。

姚大夫询问江纾媛，孩子之前有无一些局部出血，比如牙龈、鼻腔的情况。江纾媛回忆，好像只有一次牙龈出血。姚大夫肯定地说道："患者当下的流血是暂时止住了，但真正的病因得通过骨髓穿刺检查和系统血液检查，尤其是凝血功能检查才能确定。当务之急，是必须寻找到足够的血源，因为患者失血很多。如果最后确诊是白血病，假设无法补血，就会诱发很多并发症，危及生命。"江纾媛想到这里，就浑身发抖。女儿是她的命，即使她担心的血源之祸成真，可那并非夺命之难，也无法改变她和刘煜的母女之缘。

江纾媛看见奔跑进来的刘敏捷，连忙跑上前相拥痛哭！刘敏捷心急火燎地询问原因，江纾媛一时半晌解释不清这些复杂的医学病理。刘敏捷是个十足的 IT 男，对其他学问兴趣不大。她稍微冷静一点后，赶紧拉着刘敏捷上急诊室。她告诉刘敏捷必须输血，得先验血！刘敏捷一脸惊诧，他不明白为什么父母为女儿输血还要验血，这不是天然的血源吗？

护士为刘敏捷抽血化验，并提醒江纾媛道："你丈夫来了，该去交钱了！"江纾媛这才意识到现在还有一个难关，那就是保证金——女儿要住院。江纾媛问刘敏捷卡里还有多少钱，刘敏捷回答说零钱和卡上的钱加起来有一万五，应该够了！江纾媛回答："是，是够了，我这还有五千，正好两万！"护士在一旁说道："这两万是刚才紧急上手术台的保证金，现在患者要住院，而且患者病因很复杂，还要做大量的检查，必须交足十万保证金！"护士很严肃地告诉刘敏捷和江纾媛，这次可不是姚大夫可以作保签字的！说完，便拿着化验的试剂管离开了。

一向不算富裕的夫妻俩此时一派凄苦。刘敏捷每月薪水八千，在这个城市已经算高薪了，江纾媛虽然只有区区四千元，但两人加起来，维持一家三口的生活倒也不算拮据。可问题是，平常两人也没有储蓄攒钱的习惯啊！眼下这横祸飞临，又是晚上，又是外地务工人员，上哪儿筹钱？

江纾媛的手机响了，是魏雅思的来电！魏雅思的声音很粗犷，完全不像女主持人的柔声细语："江纾媛，你不是说到门口了吗？人呢？你这完全没有一点闺密情啊！你真要翻船啊？"

江纾媛所有的情绪一下释放了，又是哭又是发飙："你还好意思？你在星级酒店歌舞升平，我们一家在医院凄风苦雨，我们这会儿天上、人间，怎么能做闺密？"

　　魏雅思在电话那头特别紧张："医院，怎么回事？在哪家医院？"江纤媛怒吼道："算了，这次真翻船了！"说完，江纤媛就把电话挂掉了！

　　刘敏捷问："是魏雅思？"

　　"还能有谁？"江纤媛答道。

　　"可以先找她挪一下啊！"刘敏捷仿佛抓到了一根救命稻草。

　　"我们什么时候找人借过钱？"江纤媛没好气地答道。

　　"现在是特殊时期啊！面子重要还是女儿重要？再说，借钱又不丢人，借钱不还才丢人！"刘敏捷有点发急。

　　又急又烦的江纤媛开始口不择言地埋怨刘敏捷："家里要男人干啥？顶天立地、消灾纾难啊！可你，连救女儿命还要让女人去借钱？"

　　刘敏捷也提高了音调："这是天降横祸啊！像我们这种社会底层有多少人能够有这么大一笔闲钱放在家里，随时可以拿出来抵挡灾难病痛的？总不至于把这种陷入窘境的责任都归罪于男人吧？这个社会虽然脱贫了，但没有脱离苦难啊！你总不至于把所有挣扎的男人都当低能儿吧！在窘境中挣扎，难道都是男人的错吗？"

　　两人争吵之际，护士正好过来。她打心眼儿里讨厌刘敏捷，从江纤媛一个人送女儿上医院而这个男人却不在身边时，她就瞧不上这种不负责任的男人，所以当时就放话说太没天理。现在她拿到化验单的结果，再加上刘敏捷不但未缴费，还磨磨叽叽，心里很不爽："你是患者的亲生父亲吗？"

　　正在生闷气的刘敏捷突然爆发："你说什么混账话？你准备给我女儿

找个亲生父亲？还是说我被'绿'了？你们院长是谁？我要找你们院长！"护士也开始发飙："你说谁混账？我看是你们两个混账。都说是亲生的，亲生父母怎么可能都与女儿血型不匹配？"江纾媛预感到了验血的结果，她仅存的希望看来破灭了。但她不想在此时横生枝节，一定要暂时压住，不能让此事发酵！现在唯一要做的，就是赶紧筹钱让女儿住院，彻查病因，同时要给女儿争取到这个城市血库仅存的血液，先保住女儿的性命。江纾媛拦住刘敏捷和护士："姚大夫说了，几乎很小概率会出现这种基因突变，但不等于绝对没有。先得让我女儿住院。"护士说："行啊，钱呢？"江纾媛无奈，只得重新拨打魏雅思的电话。没等江纾媛开口，接电话的魏雅思便快人快语地说开了："我知道你要说什么？我和宋清平已经在去人民医院的路上了！"江纾媛好生奇怪："你们怎么知道上这儿？""你说一家子在医院，肯定是你那宝贝女儿遇到麻烦了！你的心肝宝贝有事儿不送人民医院，还能往哪儿送？这都猜不出来，还敢妄称第一主持？等我！"江纾媛此时差点儿喊她"女神"！

在江纾媛的世界里，魏雅思应该是除丈夫和女儿外，自己在这个城市里唯一的"资产"。两人当年在大学曾相约做桃李年华的待嫁"女神"，没承想毕业后就各奔东西、杳无音信。她们再度在这个城市相逢时，却是参加江纾媛的婚礼。那一天，魏雅思正好客串帮一位同事主持婚礼，竟然和江纾媛在同一场所。魏雅思兴奋地放了同事鸽子，为江纾媛做了一回婚礼主持义工！江纾媛那一刻才知道魏雅思一直在坚守当年的约定，直到去年在一档法制访谈节目中被长相帅气、口若悬河，且才华横溢的法律男宋清平攻破心防。

水城"金话筒"主持人魏雅思与准丈夫宋清平在医院门口泊好车，急冲冲往住院部方向走。魏雅思还穿着礼服，也未卸妆，三十五岁的年龄因为职业原因，如同刚刚走出象牙塔的学子，短发下精干姣好的面容让人第一眼就可以感受到文化界的气场。宋清平则是一个没有任何明显特征的知性职场男人，西装革履衬托着长着一缕小胡须的瘦削的脸。

两人走到住院部财务窗口，魏雅思直接对工作人员说："我是刘煜的家属，来问问，是否需要补交医疗费？"

工作人员抬头看了看魏雅思，有点惊讶，问："您怎么和电视台那位主持人像孪生啊？"

魏雅思说："没什么孪生，她就是我，我就是她。"

工作人员有点惊喜："啊，你就是魏雅思？可以合影吗？"

魏雅思说："医疗费可以打折吗？"

工作人员尴尬："小人物一个，哪有那么大的权力。我查了一下，刘煜的保证金得十万。"

魏雅思说："那我魏雅思这个面子值十万不，可以替代现金作保不？"

工作人员尴尬，摇头。

魏雅思笑着说："不吓你了，来来，预授权，刷卡。"

魏雅思对宋清平示意，宋清平赶紧从兜里掏出钱包，取出卡递进柜台。

重症室。江纾媛与魏雅思拥抱。

魏雅思将押金条交给江纾媛说："我这可是自作主张啊，没征求你意见。"江纾媛感慨万分地说："朋友做到你这分儿上，如果再虚头巴脑说感谢，就没意思了。"

魏雅思说："如果这'谢'字从你嘴里说出来，咱这小船就真翻了。"刘敏捷也很感动，对魏雅思说："一码归一码，'谢'就写在心里，但借条总得写吧！否则，寝食难安啊。"魏雅思回怼刘敏捷："现在肯借钱是因为有借条吗？借条对于不诚信的人，有用吗？这都什么时候了，还在用理工男的逻辑！再说了，如果江纾媛不赴约参加我的订婚仪式，会出这档事吗？清平，你们法律口咋说的，邀喝酒的喝出事了，主家可是要负责的。"

魏雅思看见江纾媛着急，还要说啥，赶紧说："玩笑玩笑，别当真。快说说，咱小煜现在咋样了？去看看吧！"

众人准备去重症室，刘敏捷说："我现在压力很大，想抽根儿烟。你们先去。"

江纾媛奇怪，有点不满地看着刘敏捷："你不是不抽烟吗？难道看女儿比抽烟还重要？"

刘敏捷无语，朝外走去。

住院部重症病房内。

江纾媛、魏雅思、宋清平看着刘煜。正听到姚娇给护士长交代晚上的看护注意事项，并嘱咐赶紧安排骨髓穿刺和其他各项指标的检查，不能等明天。江纾媛焦急地询问姚娇："大夫，是否正在申请血浆？"姚大夫告知江纾媛："医院已经在申请，但你最好别做指望。现在唯一的希望是在白血病病友网站发出帖子，看看是否有志愿者。"魏雅思说："我也帮帮忙吧，卫健委的黄主任是我同事的老爹，我试着说一下，看看能否把那点血浆先用上。"姚娇对着已经昏迷的刘煜感叹道："就算你们能弄来那点血浆，也只能解燃眉之急，后面的血怎么办？如花似玉、豆蔻年华，一定得想办法！另外，你们得有思想准备，还得多备点钱。"魏雅思说："大夫，你放心，有我兜底呢。你只管用药，最好的，先把人救下来再说。"姚娇说："既然有你这说法，那至少钱不会成为救命的障碍。不过说实在的，我这当医生的说这话有点惭愧，医生应该只管救命，不应该和病人家属谈钱。可这是现实啊，没辙。我先去写治疗方案。"说罢，姚娇离开。

宋清平突然问江纾媛："那个撞车是怎么发生的？"江纾媛大致把车祸的过程向宋清平做了描述。

重症室外的走廊。刘敏捷在抽烟，翻查百度有关Rh阴性血的生成介绍：如果母亲不是这种血型，父亲一定是。他想起护士的话："你说谁混账？我看是你们两个混账。都说是亲生的，亲生父母怎么可能都与女儿血型不匹配？"刘敏捷的手激烈抖动起来。他看着姚大夫进入医生办公室，思考后也跟着进入。

重症室内。宋清平对江纾媛和魏雅思说："这辆车的司机涉嫌交通肇事逃逸，已有犯罪嫌疑，我争取找到肇事司机，让犯罪者付出代价。"魏雅思说："那咱们分别行动，我负责搞定黄主任，你负责找那个逃逸者。"
宋清平对江纾媛和魏雅思说："小江和我先去报警找证据，小刘照看孩子。
小刘呢？"

医生值班室。姚娇还没坐下，刘敏捷径直进入问姚娇："大夫，您可
否明示，在医学上，我是不是她父亲？"姚娇有点不满刘敏捷的态度："我
认为当务之急是想方设法合力救人，不要分心。"刘敏捷越来越不安，对
姚娇说："您可否直接回答，有没有可能她不是我女儿？"姚娇反问："你
说的是血缘上的还是法律上的，还是道德伦理上的？你现在只有一个身份，
那就是孩子的爹，救活她、治好她是你义不容辞的责任。你所有的怀疑，
都必须让位于这个前提。"姚娇脸色开始不好看，她告诉刘敏捷："我今
天的活儿干完了，要下班了。你请出去吧。"刘敏捷只得无奈离开值班室，
正听到江纾媛在喊他。刘敏捷忧心忡忡、心事重重地问江纾媛："什么事？"
江纾媛说："宋哥建议我们先去交警队报警，争取把那个肇事逃逸者找到。
那辆车好像很豪华。应该可以赔点儿钱。那你守着刘煜。"刘敏捷茫然地
点点头。

"疗吧"作为中新集团旗下的产业，实在有点不太匹配。作为文旅集
团，中新集团几乎每一个板块都堪称同业领军，唯独这个酒吧，小得让韩
永春都不愿意陪章则进来。但作为小舅子，他是负有使命的——他得搞清
楚姐夫沉迷这个酒吧的真实原因。但这是一个极其困难的任务。整个酒吧

没有女人，就一个调酒师、一个驻店吉他手、一个吧员、一个收银、一个服务生，共计五人，连个经理都没有。在韩永春看来，喜欢泡吧的男人大多与"色"关联，可这个他姐夫亲自负责的酒吧里却都是男性。以韩永春的观察来看，他这个斯文的姐夫绝对没有性取向的问题。章则每次来这儿，都是点唱一首老掉牙的歌曲——《风雨夜归人》，这是李克勤的成名单曲。驻场歌手已经非常熟稔，歌熟、人熟，毕竟他已经在这里工作了十五年。十五年来，整个酒吧的场景从未改变，包括陈设、酒的种类、员工、工作服、灯光。章则说这是怀旧。因为过于怀旧，酒吧门庭冷落，在韩永春的记忆里，这里好像永远只有章则一桌客人。不过十五年前，这个酒吧可是风靡一时，美女帅哥如云。店里的服务人员之前也是帅哥，但如今已成为"老帅哥"，尤其是这位歌手，彼时常常被一群楚楚动人的女客打赏，但现在好像只有章则一个人还会给他发点红包。当年酒吧里有九个人，历经十五年的变迁，还有五位员工不离不弃，实在神奇。

章则拿着一个高脚酒杯，里面装有调酒师调配的"血腥玛丽"，已经喝了一半。歌手是第三遍演唱，看得出，章则早就学会了这首歌，他在跟着唱：

破碎的一颗心如午夜的暗灯
呆立夜雨里似一个落泊人
骤雨轻降仿佛逼我今天不要等

无奈心里决意等那梦里人

雨里一双身影自远慢慢移近

然后望见你伞里紧抱着那人

热炽拥吻心中悲痛匆匆转过身

零乱风雨带走当天足印

我恨你永远恨你

……

　　韩永春的手机开始振动，他走到外面接电话。不一会儿，韩永春回来，示意歌手暂停，他告诉章则酒店的网络还没有修好，原因是网管刘敏捷家里有事，从现场离开了。章则不解，问道："为什么会准假？"韩永春回答说："崔凯同没有同意，但刘敏捷自己坚持要离开。他强烈建议开除刘敏捷，中新集团对这种没有大局观的员工绝对零容忍。"章则此时完全没了兴致，站起身就往外走，边走边说："用人的权力早就下放给了各个部门，我现在就关心明天的会议和我的决定。你告诉崔凯同，他和网络一荣俱荣、一损俱损！"

　　对于江纾媛来说，简直是"屋漏偏逢连夜雨"。她和宋清平去交警队的结果不太顺利，准确地说是令她沮丧，而且令宋律师义愤填膺。警官的态度很好，但答复很糟糕："患者的伤情无法证明是由肇事车辆直接导致的，同时由于大雨，出事路口一带的监控从下午五点就出现了故障，到现在都没有修复，你的车又没安装前车监视仪，他们的车还离开了现场，不能以交通肇事逃逸罪立案。"

宋清平实在忍不住，怼问警官："为什么很多地方的监控设备总是一到一些重要节点就出故障，却可以清晰记录车上人员是否系好安全带？作为国家安全保障体系的重要环节，下场雨就坏，于情于理都说不通！"警官的回答很温和："宋律师，你这好像有所暗示，视频监控是一种辅助技术，是技术就会出现故障，出现故障的原因和时间并非人为，如果你能证明路口的视频故障有人为因素或者是我们找借口故意不提供，您是知名律师，我们欢迎您运用法律提告，从而更有效地敦促我们纠偏。"宋清平要求延伸查看周边的视频，这样就可以查找可疑车辆。警官回答道："首先无法证明当时有车祸，更无法证明有肇事逃逸车辆，我们没有能力和时间，更没有法律依据去满足每一位市民过分的要求，如果你能提供我们必须配合的前置法律依据，我们会无条件配合。另外，我还要提示您，交通法规领域您未必比我们精通。申请查看视频一定要建立在确有发生车祸的前提下，由当事人向公安机关申请并得到批准后才可以进行。"

警察的话让宋清平无言以对，他明白不是所有律师都精通所有领域的法律程序，比如自己——法学博士、全省著名法学专家、十大金牌律师第三位，但是对交通法程序方面的规则就并非特别擅长。就算精通，现有的法律程序有些具有双面性，有些执掌者有绝对的自由运用这种灰色地带的双面性，就像有些法官的自由裁量权，这种自由法权让多少人欢喜多少人忧愁！

闷闷不乐的宋清平开车送江纾媛返回医院，看着这位眼泪汪汪、老实巴交的女人，宋清平非常怜悯她的遭遇。他告诉她还有几个办法：先赶紧到投保的保险机构报案，保险公司和交管部门对这些事情都很熟络，也有定损定责的流程，会让交管部门帮忙的；还有就是到路虎的4S店去打听一下，按照小电车的保险杠被撞的程度，那辆路虎肯定也有剐蹭，豪车和小电车的主人就像富人和穷人，富人更在乎皮，这种豪车肯定会去专业店维护；实在不行，就让魏雅思找几个网络大咖播报一下，征集现场目击者，只有先把肇事车找到，才能想出办法。

在交管部门碰壁后，江纾媛已经不再奢望，她现在只想赶紧回医院看看女儿的状况，她想知道魏雅思现在是否已经说服了那个卫健委主任。她拿起电话拨给魏雅思，但魏雅思回答的结果不是很理想，说最多可以批准使用一半，建议先回医院和大夫商议一下。

魏雅思、江纾媛、宋清平回到医院时，值班护士长已经开始为刘煜输血。

由于交够了十万，而且知道患者有点来头，护士的态度变得温和了些。她说患者很幸运，虽然输血剂量不够，但避免了因流血过多引发的部分功能坏死和其他并发症，目前暂时没有危险了。她很钦佩，感叹家属很厉害，居然能把这个城市仅存的熊猫血弄来一部分。护士长提醒说，目前虽然过了高危期，但姚大夫提醒过，后面至少还需要三次输血，并且还要根据病人的最后检测结果来判定是否需要换血和骨髓移植。护士长的话令刘敏捷的神情更加抑郁，他默不作声，只是一个劲儿地在走廊外抽烟。疲惫不堪的江纾媛再三谢过魏雅思和宋清平，让他们先回去。宋清平说："也行，回去后让魏雅思发个朋友圈，征集一下汉宁路十字路口的目击证人，不管有无把握，总得试试，没准魏雅思的影响力大，会发现一些蛛丝马迹。总之，不能这么轻易就让肇事者溜之大吉，凡是犯罪就一定要付出代价。"江纾媛送两人离开后返回医院，询问刘敏捷可否陪床，心事重重的刘敏捷说因为刘煜的事，他从酒店强行离开，还不知道酒店的网络事故是否排除，他得先回去一趟，然后来换江纾媛。

　　刘敏捷回到酒店时，看见酒店大门正中央停着老板章则的豪华路虎车，刘敏捷的心里有点打鼓。老板在这个时候亲自到酒店，说明一定有大事发生，万一是网络故障还没排除，没准自己会有麻烦。刘敏捷不经意间又看了一眼路虎车，发现前面有一大片凹陷，他想到了江纾媛说的事故。但很快又告诉自己，这种倒霉的事不会如此巧合。刘敏捷进入酒店网络中控室，发现崔凯同等人还在加班，刘敏捷表示抱歉，然后去找自己的电脑。崔凯同头也不抬，直接告诉刘敏捷现场不用他了，他可以直接回去休息了！刘敏捷一时间没反应过来："那好，正好女儿今晚在医院需要陪床，我明天来早点儿。"但崔凯同说："明天也不用来了，以后就长休，中新集团是一个充满仁义文化的企业，章总已经批准让你回家照顾女儿。财务部门会按照劳动法支付工资，正好你女儿看病也需要钱。另外，我借给你的一千块也不用还了，权当同事一场。"刘敏捷知道自己已经被解雇，问崔凯同有没有可能挽回，毕竟事出有因，而且他已经在中新集团工作了十年！崔凯同回复说："一个企业的仁义是建立在制度基础上的，超越制度的仁慈会毁灭根本。"

这是典型的"祸不单行"，老实巴交、兢兢业业、安守本分的刘敏捷无论如何都无法想象，自己一天之内竟然接二连三遭遇劫难：爱女突遭车祸，危在旦夕，连肇事车主都找不到踪影；本就拮据的家庭突然欠下十万的债务，后面还将面临巨额医药费；经历三年苦痛，刚刚复工，如今却被除名；最大的情感折磨也即将降临，或者说实际上已经发生。被这些突如其来的灾难摧残得近乎痛不欲生的刘敏捷，所有的怨气一下爆发出来，他大骂崔凯同和中新集团狼心狗肺、落井下石、毫无人性，一个毫无人性的企业迟早会玩儿完。骂完后，刘敏捷脱下工作服，用一旁的电剪将工作服剪得粉碎，摔在崔凯同身上说："你那一千块钱拿回去，继续黑自己，别黑了我刘某人。我不需要。"刘敏捷说完就给崔凯同转钱，却发现零钱只剩三百元，他这才记起刚才在医院缴费时，钱都用光了。他拿起自己的电脑，愤愤不平，转身离去。刘敏捷经过一楼时，看见路虎车，心生念头，万一是这个黑店和黑车给自己带来的无妄之灾呢？一定要新仇旧恨一起报，于是他拍下了路虎的照片。

刘敏捷生平第一次到地摊喝酒，喝嗨后号啕大哭。地摊的女老板以为遇到了精神病患者，吓得赶紧打电话叫来老公和朋友。女老板的老公想测试一下刘敏捷，于是问道："这位兄弟，什么事儿让大老爷们儿把喝进去的酒变成了眼泪？被骗了钱还是感情？还是炒股亏了？还是输了官司？还是被婆娘撵出来了？需要搭把手吗？"刘敏捷眼神迷离地回答："你能帮忙把我头上的'绿帽子'给摘了吗？摘不了，就喝一杯。"女老板的老公听完大笑，对妻子说："没啥，全天下最痛苦的事发生在这哥们儿身上了，不是闹事的。酒喝多了就分不清酒和水，如果他还要喝，给他瓶里灌水，别喝出毛病。后面的酒就别收这哥们儿的钱了，不能赚喝醉人的钱。""放心，老公，咱开小店，要积大德，攒厚福！"女老板的老公让妻子倒一杯酒，他陪刘敏捷喝完！

劳形苦心的江纾媛在病房里打盹儿。刘煜的吊瓶已经换了其他药。女儿有了动静，江纾媛惊醒，看见刘煜睁开了眼睛。江纾媛一扫疲惫，赶紧询问女儿感觉如何。此时的江纾媛仿佛重获新生，女儿昏迷的这段时间，她觉得整个世界都坍塌了。刘煜似乎已经忘记了之前发生的事情，看看周围，然后看到自己浑身都插着管子，问母亲这是怎么回事。江纾媛只是简单地告诉刘煜，傍晚去魏阿姨那里参加婚礼，车被剐了，她受伤了，不过不严重。刘煜好像回忆起来，问江纾媛："老爸怎么没来？"江纾媛告诉女儿："老爸一直在这守着，因为酒店明天有会议，他赶着帮忙去了！"江纾媛一边说，一边打电话给刘敏捷，但是没人接。江纾媛安慰刘煜说："老爸忙完事会马上过来，不要消耗太多体力，医生嘱咐过，醒来后一定要注意休息。"

刘煜看见江纾媛坐在一旁的椅子上，懂事地让江纾媛上床挤一下，像儿时那般，她告诉江纾媛，刚才她做了很多怪异的梦，梦里她看见父亲和母亲在为离婚后的抚养权争吵。刘煜对江纾媛说："妈，都说梦是反的，是吗？你们俩从来没争吵过，更不可能让我失去你们中的一位，是吗？"江纾媛眼里突然充满泪水，她觉得女儿的灵魂重新被洗礼过，一向对父母毫不关心的小女孩，从昏迷中醒来，却好像进入另一个升华的世界。江纾媛想起之前一个心理医生所言，大梦和大病以后，往往会生出不自觉的大悟，女儿的情况完全符合这种描述。江纾媛突然强烈感觉到了亲情对于她和这个家庭的重要性，她与女儿完全就是生命共同体！她还想起大学时一篇课文中的一段，父母和子女是彼此赠予的最佳礼物。江纾媛的内心升起一种心理暗示，这种礼物无论如何都不能被外力夺去。想到这儿，江纾媛的内心又产生莫名的隐忧，她开始担心刘敏捷离开这么久还没返回，不是因为加班，而是因为"血疑"。以刘敏捷对女儿的爱，他不会离开如此之久，现在天都放亮了。

江纾媛依偎在刘煜身旁，刘煜再次闭上眼睛，江纾媛知道，刘煜因流血过多，身体还很虚弱，还想睡觉。江纾媛重新拨打刘敏捷的电话，但显示关机。这时，江纾媛才真正开始惶恐不安。

血疑探密

新婚之夜，以处女膜去质疑女人道德的男人都是混账，拿女人的处女膜说事就
是男权思想的封建残渣，男人没有资格更无理由去用处女膜绑架女人的道德。

　　买醉一夜的刘敏捷醒来时，天空已经露出鱼肚白。他发现自己睡在小馆的一张行军床上。刘敏捷已经不记得上这张床之前发生的事情。值班的大爷告诉他，善良的女老板担心他酒后出事，就让他住了一宿。大爷将一张账单递给刘敏捷，问他是否能够确认这些消费内容。刘敏捷连连感谢，看账单后发现才花了一百二十多元，其中只有两瓶啤酒。他诧异地问大爷，他依稀记得喝了不止两瓶，因为他的酒量不会只有两瓶。大爷告诉他，女老板有交代，喝醉后的酒不算在账里，她们家不赚那些糊涂钱。清醒后的刘敏捷感慨万千，平民百姓的善良完全不是那些豪门富人所能比拟的。刘敏捷付完账，想起昨天的事，身体里的两个人格开始搏斗——作为父亲的他和作为男人的他不断纠结。最后，他还是决定先去医院，他要先做最后的疑问排除，他要找那个大夫，要检查 DNA。

　　位于市中心的韩宅坐落着一栋堪称奢华的别墅。中新集团创始人韩国力、女儿韩雯以及自己的上门女婿章则、侄子韩永春正在吃早餐。韩国力一边吃一边告诉章则，自己早就淡出了商场，而且对外发布过声明，从此不再过问中新集团的任何事务，目前中新集团的新旧交替已经圆满完成，自己再介入，也不利于集团发展，今天的会议自己不适宜出场。章则回应道："这是行业盛会，中新集团创始人不出席，无论是礼节还是面子都不妥。昨天我忙到午夜，就是要确保在老爷子复出的时候不会出现走场。这年月，企业发展到一定规模，最重要的已经不是在资本上发力，而是要在维护企业形象上下功夫，尤其是当下，中新集团即将获批 IPO 的特殊关口。"

韩国力放下餐具，说道："无论是企业还是个人，言行一致才是真正的面子，成大事者不拘小节，这种传统文化是糟粕，必须剔除。更何况，企业的发展是靠'里子'不是靠'面子'，企业家如果都花心思去搞形象包装而不注重内力，顶多是昙花一现。"韩永春看见老爷子面有不悦，赶紧打圆场："老爷子，我觉得这不仅是我们韩家的'面子'，现在形势不好，旅游行业需要提振一下信心，得有个德高望重的人打一针强心剂，这人非您莫属啊！您一辈子行善，这就当给同行做点善事！"

向来小瞧韩永春的章则对韩永春的这番话特别赞赏，既在理，又把马屁拍到了最舒适的两块"肥肉"之上。一旁一直专注听三位男性聊天的韩雯也露出欣赏的神色，韩雯在此之前总认为韩永春是个"鸡肋"，唯一的作用就是看住章则——但这么多年，这个从老家投奔而来的胖子堂弟完全没有发挥任何作用，一点儿有用的信息都没有为她提供。韩雯经常训斥"韩胖子"只拿钱不干活。但"韩胖子"有一套说辞，让她这个堂姐无言以对。他说这只能说明堂姐夫就是一个"柳下惠"，他能证明堂姐夫就是一个正人君子，这是最大的贡献。很多查证的最好结论，就是反证！这就是韩永春的能力，总可以用无可挑剔的话术来取悦地位高于自己的人。但韩雯从来不认为这是口才，她不喜欢这个堂弟拍马屁的特长，这种做事方法不能鼓励。所以，虽然韩雯觉得韩永春的话恰到好处，但她没有表态，更没有顺着韩永春和章则的说法去插话，她觉得自己一旦加入他们一起劝说老爹，就是在助长韩永春的士气。韩雯决定旁敲侧击，迂回地帮章则。韩雯问章则："为什么会亲临现场忙到半夜？中新酒店是按照五星标准，委托世界一流团队打理。就一个全国性的会议，难道还搞不定会场设施？"韩永春抢着回答："因为现场要直播，结果网络出了故障，碰巧酒店的一个老网管为了家里一点鸡毛蒜皮的小事，未经批准擅离职守。幸亏章总亲自去了，动用私人关系让豆雨直播科技的团队帮忙，还亲自陪团队负责人吃夜宵，最后有惊无险地恢复了线路。"韩雯原本是想让章则再描述一下重要性，她再插嘴说服老爷子，没想到这个多嘴的堂弟讲了这样一段插曲，这可是韩雯当年管理中新集团时零容忍的用人事故。于是她也放下筷子，问道："中新集团还会出现这种员工？就这种团队还让老爷子去？丢人现眼！"章则脸露愠色，但还是隐忍，这已经成了自己这个上门女婿的生活常态，面对一个强势却十分爱他的富家千金，他只能不断调整自尊的下限。许多年前，由于没能控制住自己，怒怼妻子离家出走，酿成的苦果苦涩至今。家庭的和谐很大程度上取决于男人对情绪的控制。还是小舅子解了围，韩永春告诉韩雯，崔凯同已经开除了这位网管！姐姐虽然不再管理酒店，但创立的规则，中新集团一直在沿用。

　　韩雯脸色缓和，但没料到韩国力勃然大怒："开除？多少人生活艰难，这位网管的日子肯定也不会好到哪里去，你们这不是给别人雪上加霜吗？你们管理严格没错，但也要因事制宜！一个完全不给他人改过机会的制度，不是严格而是严酷！一个严酷而没有人性的管理制度，会毁灭制度的制定者及其执行的人。"章则问韩永春："谁签字同意开除的？"韩永春回答说没人签字，是他在电话里回复崔凯同用人的权力在各个部门，所以崔凯同就开除了刘敏捷。章则也开始发怒："用人的权力在各个部门，没说开除的权力也在啊！用人和开除人是一回事吗？"章则说完，赶紧安慰韩国力："父亲，会议结束后，我亲自去解决这件事。今天的会议，还是请您老象征性地参加一下，哪怕不发言也行。"韩雯此时觉得必须站出来帮章则，这是她一贯的风格：虽然盛气凌人，但关键时刻永远捍卫章则。这是十几年来维系、弥合、平衡他们夫妻关系和情感的最稳定的处世基点，实际上也是所有家庭的三角伦理——亲情、利益与妥协永远是家庭保持存续，缺一不可的支撑性结构守则。她对韩国力说："老爹，这个会议事关您亲自布局的上市战略，证监部门的负责人也要出席，而且来了一批您的故交。我知道您说一不二，但您刚才说因事制宜，这就是典型的韩式逻辑啊。"然而这次韩国力没有给女儿面子，他在撂下"负责的男人首先是从对自己的诺言负责开始的，最高境界的责任是为自己的错误负责"这句充满哲学的话以后，拂袖而去。

姚娇习惯于早到医院，尤其是有特殊病人的时候。刘煜的病情让她很是挂念。离开医院后，她一直在血友病群里聊天，希望能够找到一点线索，可直到凌晨两点也没有好消息。唯一有点释怀的是，后来护士长告诉她，刘煜家人还真从血库里弄来了一点 Rh 阴性 AB 型血，暂时阻止了一场悲剧的发生。但姚娇知道，悲剧并没有终结。如果今天的骨髓检测结果显示刘煜的白血病是源于原发性骨髓纤维化，那结果将惨不忍睹。因为她已经知道，刘敏捷肯定不是刘煜的亲生父亲，她之所以不愿意告知刘敏捷，是因为她觉得当务之急是救孩子，而不是纠结谁是孩子的亲生父亲。拯救孩子是天理，穷究亲爹只是人间道理。其实她没必要介入并干涉天理和道理之间的界限，作为医生，姚娇应该告诉所有当事人真相，这是医生的职业准则，她一贯反对以所谓的善意去隐瞒病情，因为任何人都拥有不被欺骗的权利，要勇于直面病灶，这不仅是医学原则，也是社会原理。但在刘煜与刘敏捷父女身上，姚娇打破了惯常坚守的原则。她不希望看见自己之前坚持的真相原则让这个花季少女面临家庭破裂的危局，并继而影响完整的拯救生命的过程。这时，姚娇觉得真相如果会导致更残酷的结局，不如暂时隐瞒真相。暂时隐藏或许并不是欺骗。

　　姚娇到化验室时，护士还没有上班，但化验单摆在桌上，这是姚娇昨天晚上以微信的方式给化验室主任交代过的。她看着化验单的数据和描述，面带愁容——她最担心的事还是发生了：血细胞减少，外周血中出现幼稚红细胞、幼稚粒细胞、泪滴状红细胞、骨髓纤维化和髓外造血，一种罕见的儿童原发性骨髓纤维化。好在是罕见的急性初发，没有形成终极癌病兆，但这必须经过异基因造血干细胞移植治疗，也就是移植亲生父亲的造血干细胞才能治愈。

　　必须摊牌，无论怎么欺瞒都无法绕过刘敏捷。作为女人，姚娇希望先和江纾媛沟通，可否在刘敏捷知道真相以前，想办法找到刘煜的亲生父亲。

姚娇将化验单装进兜里，准备去病房，结果在电梯门口遇见前来找她的刘敏捷。姚娇希望刘敏捷是来找她询问孩子的病情，但刘敏捷径直向她提出了她最为担心的要求。刘敏捷脸色阴沉，这让姚娇从中看到恐惧。刘敏捷调整自己的情绪，对姚娇说："姚大夫，作为患者的家长，我希望能从您描述的万分之一的情景里找到那点希望。我要从最后的医学逻辑上证明，我才是患者的亲生父亲，我要为我女儿输血。我要求检查DNA，这个要求你不能拒绝。"姚娇的确无法拒绝，她只得告知刘敏捷，她去查完房后就安排给刘敏捷开单子做检查。姚娇问刘敏捷女儿的状况。刘敏捷支支吾吾回答说自己正准备去。姚娇告诉他，此时女儿是最需要他的时候，他是孩子的精神支柱。

重症病房里，已经有五位巡房的医生和护士，他们正在等姚娇。管床医生告知江纾媛，她们算是不幸中的万幸，得亏遇见他们医院的名医姚娇大夫，她是全省血液内科著名专家。江纾媛被这种阵势弄得有点紧张，她询问化验的结果，但管床医生告知姚大夫马上就到。说话的当口儿，姚娇和刘敏捷一起进入，江纾媛发现两人在一起，心里有点打鼓。她问刘敏捷："昨晚怎么加了一晚上的班，而且不接电话，孩子现在生了大病啊！"刘敏捷没好气地回答说："自己一晚上都在想，是谁家的孩子在生大病！"江纾媛被刘敏捷这种在众目睽睽之下完全不顾及面子的话弄得火冒三丈，她大声呵斥刘敏捷："这么说来，你走错病房了，这是我孩子的病房，请你出去。"姚娇见状，赶紧阻止："这是病房，如果你们不希望给病人带来麻烦，就只听医生说话就行，不要喧哗。"说完，姚娇示意江纾媛一起来到走廊。她告诉江纾媛："病理化验结果显示，孩子患有急性髓性白血病，虽然也归为血癌，但属于低危的急性髓细胞白血病，可以治愈，就是要进行造血干细胞移植。"江纾媛问："这是什么治疗方法？""这需要用亲生父亲的造血干细胞进行部分移植，但现在从临床观察，你现在的丈夫大概率不是孩子的亲生父亲。我不想关心形成这个结果的原因，只想问有无可能找到孩子的亲生父亲？"江纾媛头脑发胀地问："极有可能不是，说明还有可能是？""刘敏捷正在行使患者的监护权，要求做 DNA，我们没有理由拒绝。DNA 的结果很快就会出来，你必须做好这个心理准备。"江纾媛说："这是十几年前的一场意外，没想到十几年后成为我的噩梦。不瞒您说，当年在新婚之夜圆房后，我和老公吵架出走，被一个路人强奸过。这个事件太复杂，说不清楚。如果真是这样，是没有办法找到那个强奸犯的。我现在有心理准备，您先安排他做 DNA 吧，先确定科学结论。后面的事再想办法。"姚娇从江纾媛既悲哀又坚定的眼神里看到了面前这位女人的性情，这是一位勇于面对不幸的女人。姚娇同情并赞赏这种女人，她内心突然觉得，一定要尽最大的能力帮助这个女人。她告诉江纾媛，她会同管床医生拿出一个确实可靠的治疗方案，竭尽全力，不让眼前这位如花似玉的女孩遭遇不幸。

江纾媛此刻百感交集，爱女被这不测之祸打倒，十几年前的打击也再度击穿自己内心的防线，相守十几年、情深义厚的丈夫有可能会成为路人。

女人的名节被毁，家庭破裂，而且后期还要面对深不见底的医疗费，几乎全是悲伤和仇恨。幸亏遇到这个天使般悬壶济世的"青囊"，为她几近崩溃的情绪加持了一个支点。江纾媛告诫自己，现在还有一个支点，就是自己的女儿，无论自己的人生破裂到什么不堪的惨境，女儿、魏雅思、姚娇，这三个支点足以令自己支撑下去。她一定要女儿完整地活下去。她再三感谢姚娇，也代自己的女儿致谢。她说，人这一生的很多悲惨都是在医院里发生的，但她这一生在医院看见了最大的精神支柱。

就在江纾媛啜泣不止地感谢姚娇的时候，魏雅思和宋清平也来到了医院。姚娇让江纾媛和他们先聊，她去和其他医生会诊治疗方案。魏雅思看见身心疲惫的江纾媛，关心询问刘煜的病情，江纾媛看见闺密，情不自禁地抱着魏雅思，再度失声痛哭。魏雅思安慰江纾媛，她的所有困难就是自己的困难，有她在，所有困难都能够克服。江纾媛忍住悲伤啜泣道："我的困难不可能成为你的困难，这次只有我自己能解能扛。"魏雅思察觉江纾媛遇到难以言述的麻烦，再次恳切地说道："朋友的'朋'是两个同样的月亮，'朋友'的概念就是，你是我，我也是你。如果你没有这个感觉，那我就不勉强你了。"江纾媛无奈，只得把和姚娇的对话告知魏雅思。魏雅思不禁唏嘘说："不管最后的结果如何，刘敏捷作为男人，应该要明辨轻重，当务之急是合力救孩子，而不管谁是她爹，这才是有人性的男人。"魏雅思的情绪激动，声音有点大，被病房的刘敏捷听见了。刘敏捷走出病房，极为勉强地和魏雅思与宋清平打招呼。快人快语的魏雅思直奔主题对刘敏捷说："是爷们儿你就给一句话，当下最重要的事情是不是心无旁骛、齐心协力救这孩子？十五年了，没感情吗？"刘敏捷回答说："我还是想等 DNA 结果出来了再判断决定。人是有感情的动物，但男人在一些重要的问题上有绕不开的感情障碍，盼望理解。对了，昨天说的那个肇事车辆，我好像看到有辆相似的。"刘敏捷打开手机，找出那辆路虎车，并指着前面的凹痕。江纾媛仔细看后说，应该是这辆车。宋清平说："应该可以从痕迹鉴定的物理证据和法理证据方面进行锁定。我们马上到现场去。诶？这车怎么停在你那个酒店？""这是我们老板的车。"刘敏捷回答。"万一真是，那怎么搞？难不成你还要找你老板去索赔？"江纾媛疑惑。刘敏捷本来想告诉江纾媛自己已经被解雇，但话到嘴边又改变内容："怎么搞？如果能证实就是他的车，我要搞死这个没人性的资本家！""没必要搞死别人，再说现在都没证据。即使真证明是他，也要好好谈，别动不动就心生杀念。退一万步说，就你，一个网管，斗得过这个城里的首富？"刘敏捷听完此话，积压很久的愤怒全部爆发，他吼道："我女儿被他撞了，他逃逸，你还劝我不生杀念？你有资格劝我吗？斗不过，也得拼了。"江纾媛被刘敏捷怼得浑身发抖。宋清平在一旁看到后说："先别讨论了，赶紧锁定证据。我们先去现场。不管怎么样，先报警、取证，一切依法。任何人都应为违法行为付出代价，赶紧！对了，把江纾媛的车开去。"刘敏捷说："好，我先去找姚大夫开个单子。""你这完全是'皇帝不急太监急'啊！去晚了，他要是把证据销毁了可就没有辙了。"宋清平数叨。刘敏捷说："我拍过照。老板的车在哪里修我都知道，果真是他的话，绝对跑不了！"

中新酒店的会议室，章则坐在 C 位。韩国力没有来，这虽然让章则有点失望，但他内心也有另一种莫名其妙的兴奋。用韩国力的话说，中新集团已经完成了掌门人的更换，这是相对于家族企业的权力转移和科学管理的角度而言的，有利于家族式企业的正常延续。家族企业虽然有着稳定忠诚的基因，但创始人的影响力也是把双刃剑，有韩国力存在的中新集团和没有韩国力影响的中新集团就外部环境而言，利弊立显。社会资源的相对退化和话语权的相对趋弱就很明显。但从管理思维和创新效果来看，则更令合作伙伴充满期待。这是一种社会意义。对此刻的章则而言，如果老爷子出席，则多少有点正式交接的仪式感；现在老爷子没来，在失望之余，他隐隐约约平添了一点儿虚荣。然而章则永远是清醒的，这种虚荣并没有让他无限膨胀，他始终对自己在韩家的地位很清晰——所有的转移，即使是财富转移，都不可能改变他上门女婿的身份。韩家父女永远是韩家的主人。所以，章则还是非常真诚地请列席会议的韩雯坐主位，但被韩雯拒绝了。让章则真正成为中新集团的枢纽，维护自己丈夫的最大利益，永远是韩雯的人生定向。她说她就在旁听席上，不发言！韩永春见会议开始，准备去修理路虎车。以中新集团的地位来看，这辆车在这个时代，已经算不上真正的豪华，但这是章则的最爱，尤其是车牌 08808，已经用了十五年，始终没有更换。韩永春不知道章则为什么喜欢这个号牌，城市里很多富豪都用了四连号、五连号，但他就爱这个号。这不是他生日，虽然这和他新婚的日子重叠，但章则的新婚之夜并不快乐，他没有理由怀念得如此深切。车头有凹陷，这是车的脸面，更是章则的脸面。韩永春虽然与韩家有血缘之亲，但他知道，韩老爷子和自己的堂姐都把章则当作韩氏家族的接班人，地位远远高于自己这个堂亲。因此他必须紧贴章则。

韩永春远远看见刘敏捷和宋清平在车前，他不知道这个被开除的员工为什么在这儿，他琢磨刘敏捷可能想在车旁等章则求情，看看章则能否改变开除的决定。韩永春对自己的老板和韩家人毕恭毕敬，但对中新集团的其他人则是颐指气使的。他不能让这个网管来骚扰章则，他已暗中盘算好了，把他撵走，如果不听，就喊酒店的保安驱逐。韩永春叼着雪茄走到刘敏捷跟前，出言不逊："好马不吃回头草，还想回来啊？"刘敏捷看见这张肥胖的脸和趾高气扬的神态，怒火中烧，冷冷地说："当然要回来，得回来取证啊！"

韩永春疑惑："取证据？打劳动仲裁官司？""那个官司没意思，赢了也没多少钱，也不能上升到刑法。我准备打一场交通肇事逃逸官司！"刘敏捷虽然愤怒，但不动声色。此时的韩永春有点紧张，但他思忖昨天的事也算不上逃逸吧？而且也不可能这么巧，撞上刘敏捷啊！刘敏捷当时可是在酒店当班。想到这儿，韩永春不再紧张，觉得不能让这个人继续待在这儿影响他的心情，于是他警告刘敏捷别在这无理取闹，否则轻一点让保安驱逐，重一点报警，告他寻衅滋事，中新酒店是全市重点保护企业，而且今天有重要会议！

在一旁的宋清平见韩永春谈法制，激起了他的愤怒和兴趣。韩永春这种嘴脸的人居然谈报警？宋清平觉得他这是在侮辱"警察"这个词，更让他生气的是这种仗势欺人的"奴性"。宋清平不动声色地调侃说："不用你报警了，我们已经代劳了，警察马上就到。"韩永春又开始紧张，做贼心虚是所有贼的惯性。但他嘴巴还是挺硬朗，对宋清平说："让警察来抓你们自己？为什么？"宋清平看看表，感觉出警时间应该到了，他知道，五分钟接警出警是这个城市刚刚颁布的警务制度。于是，宋清平直奔主题，指着停车场那边的小电车说："看见那辆掉了保险杠的车了吗？我们自己比对了一下，上面的凹痕与这辆车吻合，但要等警察做最后的技术权威认定。昨天我们做过预报案，今天如果查证属实，就可以正式以交通肇事逃逸罪要求公安机关立案。"

韩永春浑身都开始抖动，嘴角的雪茄也开始抖动，他并不知道交通肇事逃逸罪怎么定，但他知道如果当事人有一方追着不放，又证据确凿，他的麻烦就大了。不过他感觉事故没有引发什么重大后果，最多也就赔钱，赔钱对中新集团完全就是小意思。就算再大点，也就吊销驾照；再加个码，最多就是终身禁驾。这正好，他也不想再干这种伺候人的活儿，也可以借机争取去某个下属公司或部门当个头头儿。他想到这些，便摆出一副毫不在乎的样子调侃刘敏捷："哦哦，这辆小电驴是你的啊？当时你不在车上吧？应该不在，没受伤啊！家里人在车上，有伤着吗？要不要我给你和你们家人道歉，或者赔点儿钱？对了，听说你女儿病了，急需钱吧？正好，可以救急。"韩永春的嘴脸让刘敏捷忍无可忍，直接准备挥拳相向，但被宋清平拦住："别冲动，你放心，我以江城金牌律师的身份向你保证，一定让这家伙感觉比被揍更疼。"刘敏捷还想说什么，但警车已鸣着警笛到达车跟前，两名警官和一名辅警下车，一名年龄稍长的警官询问过刘敏捷和宋清平的具体信息和报警事由，让另一位年轻警察和辅警去勘查小电车和路虎的受损面并拍照采样。韩永春听到刘敏捷叙说小电车上有刘敏捷的女儿和妻子，而且女儿因车辆撞击而受伤住进医院，他开始害怕。韩永春对警察说："警察同志，这是一起普通的交通事故，我希望私了。"宋清平说："我的当事人拒绝私了，这不是普通交通事故，而是涉嫌交通肇事并造成他人生命财产损害后逃逸，已经涉嫌触犯刑法。"此时，勘验完小电车的年轻警察和辅警再度回到路虎车旁，继续勘查路虎。年长的警察对宋清平说："如果取证后初步确认这两辆车的确关联车祸，警察会暂扣涉事车辆，进一步确证，并提供主次责的物理技术意见供直接管辖权的区队划责参考。至于是否逃逸和车上第三方受伤的依据还待具体证明。"刘敏捷情绪不稳定："事实就是如此，还证明什么？这种人渣，一定要定罪！"宋清平安慰刘敏捷说："一切依法依证。还是那句话，在犯罪面前无论真的和假的，我宋清平一定可以还原真相。"勘查完路虎车的年轻警察向年长的警察确认这的确是车祸关联车辆。年长的警察对韩永春和刘敏捷说："你们把车上的贵重或有用物品清理一下，车钥匙交给我们，我会给你们开具暂扣单。"刘敏捷往小电车的方向走去，车上有刘煜最爱背的包还有她的手机，还有江纾媛单位的资料和化妆包。虽然此时的刘敏捷心里打了结，但他对女儿的爱是用了十五年的心血养成的，就算噩梦成真，情感的丝线哪能说断就断？怨和恨、情和爱是很复杂却又时常交集的心理圈。韩永春不敢清理章则的物件，老板的车上不经意就会有些不愿意被他人看见的东西，他哪里敢看？也不愿意看。知道了老板不便被外人知道的秘密，对所有人来说都是麻烦事。而且老板的车被扣这么大的事，韩家和章则不吃了他才怪。但他此刻又不敢打扰正在出席重要会议的章则，他想起旁听的堂姐韩雯，他觉得必须向她汇报，而且她是一个既护犊子又有资源、有法子还有影响力的女人，她不但可以做决定，没准还可以帮自己脱困！于是韩永春向年长的警察解释这是企业公务车，需要老板清理自己的物品，他可以先把钥匙交给警察，但得去请老板来一趟。年长的警察还算通情达理，接过钥匙，让韩永春速度快点。韩永春不断点头，但临走时还没忘偷看一眼警官胸前的警号。

　　宋清平与刘敏捷离开后，江纾媛就完完整整地向魏雅思讲述了十几年前雨夜的那场遭遇。她几乎是毫无保留地讲清楚了所有的细节。江纾媛觉得事已至此，完全没有任何必要在自己的闺密面前保留所谓的隐私，魏雅思不仅在情感上值得托付，还可以帮助自己渡过内外交困的难关。

　　那是 2008 年 8 月 8 日的晚上。魏雅思在为江纾媛主持完婚礼并闹完新房后和朋友们离开，此时的新房已经狼狈不堪，只有一幅行画《山有木兮木有枝，心悦君兮君不知》和一幅书法作品《室雅有香，善心向佛》依旧整齐地挂在白色的墙上。疲倦、兴奋，又充满醉意的刘敏捷穿着白色的衬衣和蓝色的西裤，打着领带径直躺倒在床上。江纾媛此刻的感觉应该和刘敏捷一样，她也想躺下，但她的洁癖让她不得不收拾完房间再和刘敏捷度过属于二人的新婚之夜。她知道，从今夜开始，她将成为床上那个男人的女人，那个男人在此之前一直想行使男人的权利，但都被她拒绝了。她一直坚持，女孩蜕变成女人的仪式一定要选择在一个具有法定承诺意义的场所完成。但刘敏捷说让她明天再整理，那是家务，今天是洞房，是今天的家事。江纾媛从刘敏捷的眼光里和语言里感受到一种迫不及待的欲望，她不能再拒绝，而且在刘敏捷火眼的召唤下，在酒精的刺激下，在自己意识的许可下，她要成为这个男人的女人，自己的欲火也在燃烧。江纾媛准备去关灯，但刘敏捷动作迅速地起身，直接将江纾媛抱到床上，一边喘着粗气，一边说他要在明亮的光线下完成对女人身体的审美。江纾媛半推半就地应和着刘敏捷。就在刘敏捷准备进攻时，江纾媛突然叫停。她让刘敏捷把当时写给她的情书中引用的元稹的诗词背诵一段来应景，不过要是记不起来就免了。没想到刘敏捷这个理工男此时居然变成了文艺男，一边脱口吟诵，一边做动作。

戏调初微拒，柔情已暗通。

转面流花雪，登床抱绮丛。

鸳鸯交颈舞，翡翠合欢笼。

无力慵移腕，多娇爱敛躬。

汗光珠点点，发乱绿松松。

……

江纾媛笑着抱住刘敏捷说道："掉了很多联。""不是掉了，是'春光耐不住，愁煞灯下人'。或者你把牛峤的那最后两句补上，互动一下？"江纾媛娇羞回应："你是说'须作一生拼，尽君今日欢'？你太坏了！"

此时，窗外开始下雨，带来了一丝凉意，恰到好处的室温为一场人间欢爱营造了完美的现场。电视中奥运会开幕式的足球赛还在进行，进球的欢呼声和解说员狂热的解说声在寂静的新房里特别清晰。运动中的刘敏捷大汗淋漓，兴奋地对江纾媛说自己等待这一天已经好久了。江纾媛如同梨花带雨，眼里也渗着幸福又疼痛的泪水，泪珠好像是吸入的夏夜的雨珠。两人剧烈的呼吸、激烈的互动和窗外的雨声合二为一。

雨终于暂时停止，刘敏捷完成最后一个动作，疲惫地躺在江纾媛身边。刘敏捷下意识看了看江纾媛和床单，突然坐起。依旧沉浸在喜悦和幸福中的江纾媛被刘敏捷突如其来的举止弄得不知所措，起身问刘敏捷怎么回事。刘敏捷下床，从茶几上的烟盒里取出一支烟，在沙发上自顾自地抽起来。

江纾媛被刚才还在如胶似漆的老公怪异的行为整得蒙住了。她披上衣服，依旧温存地问丈夫是不是自己令他不悦，然后再三解释，所有女人的第一次都很笨拙，夫妻之间应该没有避讳的话题，可以交流性事，让生活更和谐。刘敏捷没有直接回答江纾媛，反问道："你是第一次吗？"江纾媛听到这个问题，一扫刚才的温柔，愤然起身："你怀疑我？"刘敏捷扔掉烟说道："处女膜虽然薄，却是女孩成为女人的价值厚度，这也是很多男人最在意的荣誉。"江纾媛原本想解释什么，但被刘敏捷的怀疑和无厘头以及与时代完全脱轨的观念激怒。她说："这都什么年代了？放眼望去，当下还有多少女人能够在新婚之夜把自己物理上的第一次献给与他举行婚礼的男人？女人的第一次都是相对的，女人这一辈子能够让这种相对性的第一次一直延续到给她相对的第一个男人，这就是现实的贞操。如果以你这种脱离时代的处女观去衡量新婚妻子的贞操观和道德观，恐怕你这一辈子都要打光棍！"江纾媛一边大声宣泄自己的不满，一边穿好衣服，然后对刘敏捷大声喊道："我要告诉你，在新婚之夜以处女膜去质疑女人道德的男人都是混账！而且我还要告诉你，拿女人的处女膜说事就是男权思想的封建遗珠，男人没有资格更无理由用处女膜绑架女人的道德！"刘敏捷并不赞同江纾媛的观点，他回应江纾媛说："普世的现象不意味就是普世价值观。很多男人都必须面对并接受你说的事实，但是有例外。"江纾媛拉开房门说："好，我成全你刘敏捷这个例外！"江纾媛说完走出门口，猛然带上门。此时屋外传来雷声，霹雳声与江纾媛剧烈的关门声让屋里的刘敏捷变得有点清醒，虽然他不满今夜的感觉，并认定江纾媛之前一直拒绝自己完全就是虚伪的做作、故作纯洁，但此刻夜色深沉、瓢泼大雨，他还是担心异常暴怒的江纾媛会离家出走，万一发生事故就不好了。刘敏捷穿好衣服，追出房门，但江纾媛已经不在屋内。刘敏捷追出大门，门外除狂怒的大雨和被雨水遮罩的混浊灯光外，空无一人。刘敏捷开始有点害怕和后悔，他开始觉得自己在新婚之夜的这番言论的确是伤害了女人的自尊。万一倔强的妻子雨夜出走遭遇麻烦，他这一辈子不仅毁了这个女人，也毁了自己。他突然怨恨自己，为什么不能换个时间再发牢骚，为什么就不能控制自己？自己苦苦追求这个女人四年，终于如愿以偿，却让她在新婚之夜离家出走，还是雷雨之夜，孤身一人。他越想越恐惧，一边打着电话，一边跑进了暴雨之中，想找回江纾媛。

　　在倾盆大雨中狂奔的江纾媛感觉到手机在振动，她拿出来看，被雨水冲刷的手机屏幕里是闪烁地标注着"亲亲"的来电提示，她原本想接，但还是把手机关掉了。她实在无法容忍刘敏捷的怀疑，虽然她表达的观点只有一半是自己的心声，但她实在觉得这个理工男不可理喻。她必须告诉他，理工男世界观以外的世界真相。其实她完全可以向刘敏捷解释清楚，处女膜并不是处女的绝对定义，女人会在很多运动场合被其他物理性硬物刺破处女膜。今夜就是她最神圣的时刻，刘敏捷由于也是第一次，或许并不能感知第一次性生活的乐趣和真相。但她没有一点心情给这个家伙普及生理常识，她实在是被这种无厘头的怀疑伤到了灵魂。江纾媛自始至终坚守着女人的道义，甚至不惜在热恋之时多次阻止刘敏捷想要进一步发生关系的行为，就是希望让自己的价值因循价值观，并为未来的婚姻提供保障，没承想却被自己的爱人质疑。在她看来，这不仅是一种极大的委屈，更是不可原谅的侮辱！

由于风雨太大，江纾媛在经过一个酒吧时，径直进入。这是一个清吧，面积不是很大，但泡吧的人很多，没有人跳摇头舞或相拥慢舞。一个帅气的男歌手一边弹吉他，一边唱歌。被酒精、气愤、雨水浑裹的江纾媛进入酒吧时很狼狈，但她已没有半点意识去整理自己，她只是想来避雨。可是当她看见周围的人用异样的目光看着自己时，顿时觉得很不自在，于是靠近吧台找了一个位置，想点两杯百威啤酒小酌，以掩饰自己的尴尬。但服务生告诉他，他们这家店的消费习惯要么是半打，要么是一扎啤酒。根本不爱喝酒也不胜酒力的江纾媛只想躲雨，也不知道服务生说的半打和一扎是什么计量，就说："随便吧！来一扎！"在等服务生倒酒的空隙，江纾媛无意间听了一下歌手弹唱的歌曲。她想控制自己的情绪，努力让自己听清台上唱的是什么，原来是奥运会的主题歌。江纾媛觉得歌词就是对她现在的状态的一种反讽：我和你，心连心，我和你，一家人。在她的意识里，原本应该心连心的一家人的关系竟然如此脆弱，所有的情感居然可以在瞬间就被几句话击穿，她有点绝望。服务生端来酒扎，正准备给她倒酒，江纾媛却直接端着大扎啤酒，豪放地一饮而尽。服务生情不自禁地赞叹好酒量，并问江纾媛是不是再来半打，是否一边摇骰子一边喝，放慢节奏，这样可以避免喝醉，啤酒喝醉后会很难受，尤其是酒入愁肠，一夜思悲。江纾媛抹抹嘴说："从来就没有酒醉人，只有人自醉，你听说过一个说法吗，

'不喝酒的女人一旦端杯，一切就无所胃'，'胃口'的'胃'。"服务生被江纾媛有点醉意又有点酒后幽默的话逗乐了，回应道："这是 2008年最经典的行酒令。冲着这句话，这半打啤酒减半收费。"服务生又去吧台取酒。男歌手此时已经唱完《我和你》，开始对场子里的人说："现在到了互动环节，有没有人愿意和我合唱？如果你们点的歌曲有我不会的，今晚我为你埋单。"场上有人开始交头接耳。江纾媛接过服务生已经开瓶的酒，再次一口干掉。在酒精的加持下，她走向歌手的小舞台，对歌手说："你刚才那首歌让我很生气，我要自己来唱。"男歌手非常绅士，虽然他感觉眼前这个女人已经进入酩酊的状态，但从她尚算清晰的语态中看出，唱歌应该没有大碍。而且在这个清吧里，突然冒出这样一个又醉又萌、颜值又高还很性感的女人唱歌，应该会有更好的效果。他将麦克风递给江纾媛，然后对所有在场的人说道："现在麦霸属于这位美丽的女歌手。有请。"江纾媛在大学里就是文艺青年，唱歌原本就是她的专长，但此刻的她完全没有任何表演状态，一切都是在酒意的推动下进入的。小舞台上的聚光灯以朦胧的光度旋转，投射在外套湿透的江纾媛的身上，令人充满遐想。而此刻的江纾媛完全没有顾忌，摇着头开始唱，唱的是许巍的《救赎之旅》，男歌手是个吉他大师，在江纾媛几声清唱之后，他很快以吉他的节奏跟上旋律和歌词：

就像雨后开放天空的彩虹

这简单的七个音符来自阳光

这是如此不可思议的光芒

照亮了这世界

来自你无尽的爱

照亮我生命

也照亮了我的心

……

江纾媛唱到此处停下，场子里响起了掌声。江纾媛突然啜泣，在麦克风的扩音下，啜泣声也好像成为一种音乐伴奏。吉他手见状，赶紧示意服务员搀扶江纾媛下去，并为江纾媛找到一个座位。但江纾媛拒绝坐下，径直向外走去。服务生上前问江纾媛是否方便埋单，但江纾媛似乎没有反应。一位男顾客在座位上对服务生说记在他账上，于是服务生任由江纾媛离开了酒吧。

酒吧的进口通道是一个巷子，狭长，如同江纾媛孤独孑然的身影。两三盏扑朔迷离的街灯将江纾媛摇晃的影子投映在地上。雨点开始变得细腻，此时此刻的江纾媛已经完全没有了细雨湿衣和诗意的感觉。她哼着刚才在酒吧唱的调子，踉踉跄跄地往前走。突然，一把伞撑在她的头上。江纾媛以为是刘敏捷来找她，所有的愤怒与被罩住的雨顿时同时消失了。她在几乎被屏蔽的意识下被"刘敏捷"猛然抱住、狂吻。江纾媛喃喃自语："刘敏捷，我是处女，我给你的是我的第一次，也是生命的全部，你就是一个王八蛋！""刘敏捷"被江纾媛的激情感染，扔掉雨伞，在混浊的灯影里抱住江纾媛云雨。

病房外走廊的椅子上，魏雅思摇着头问江纾媛："其实这个人不是刘敏捷？"江纾媛神情沮丧，继续说："刘敏捷找到我时，我躺在雨水之中，不知道是昏迷还是什么。"当刘敏捷看见横卧在小巷水地里的江纾媛，心里的血和着地上的雨水猛然流淌。

江纾媛醒酒时，发现自己躺在医院的病床上。刘敏捷看见苏醒的江纾媛，真心实意地向她忏悔："亲，亲，原谅我的自私。雨停了，天晴了，给我一个机会，让我们过天晴的日子。"彻底醒来的江纾媛压根没听到刘敏捷的忏悔，她回忆起了昨晚巷子里的事情。她知道那不是梦境，那个"刘敏捷"与现在的刘敏捷完全不是同体！她知道，只是今天的天晴了，可她的人生笼罩在了永恒的阴雨中。

魏雅思不解地问江纾媛："你有反应后，为什么不做掉？""不是到现在还存有侥幸心理吗？如果刘敏捷的DNA有意想不到的结果呢？我当时就心存这样的侥幸，那个家伙和我们家那位都是在同一个时间区间里，间隔最多两小时，与孕后测算的时间也一样。我哪里有勇气鉴别？而且你也知道，我之所以坚持拒绝婚前性行为，是因为我是反堕胎主义者，女人的孕育权、生命权是天赋之权，不可自毁。万一得知这个生命的萌芽是一场无妄之灾的产物，岂不是让我难做？"魏雅思感慨万千地说道："没承想这个世界上仅存的两个思想古董，竟然遭此截然相反的大劫。造孽。但现在得未雨绸缪啊，万一DNA结果出来显示孩子不是刘敏捷的，这个两难的死结必须解开！必须找到那家伙，让他来赎罪！刘煜可是无辜的，这么可爱的花骨朵儿，必须救！可一旦把真相告知刘敏捷，他唯一的希望被毁，他那个犟牛、一根筋，谁能料到他会干出什么事？"江纡媛愁肠百结、黯然神伤地打着哭腔说："魏雅思，你还得救我！"魏雅思也是一脸的愁云密布："就算刘敏捷配合，怎么找呢？那个酒吧叫什么？在哪儿？那个男人在哪儿？长啥样？名字？你知道吗？"

江纡媛摇摇头，"哪里还记得？当时那种状况，哪里还敢去回忆这种虐心的事。"魏雅思继续说："他这是趁着女人丧失意识发生性行为，这可是强奸罪！谁敢认这笔账？时过境迁，证据上哪儿找？难啊！等我们家宋清平回来，等刘敏捷的最后结果出来吧。"

韩雯是和韩永春一起下楼的，当韩永春神色慌张地把韩雯从会议室里叫到过道上，告知韩雯关于车祸的来龙去脉后，韩雯近乎火冒三丈地斥责韩永春，他这个祸闯的不是时候，完全是"烂泥扶不上墙"！韩雯深知，中新集团IPO申请已经到了最后一关，在互联网时代，任何一个细小的舆情如果被引爆，一旦危机处理不当，都会发酵成不可收拾的局面。尤其是在当下同情弱者的社会背景下，肇事逃逸这个话题足以让中新集团处于风口浪尖，并令来之不易的大好局面毁于一旦。韩雯绝对不能让这种因小失大的事情发生。因此，骂归骂，但她下楼时已经做了决断，并马上付诸行动。韩雯打了一个电话，简单地说了一下事情的经过，然后请求说现在正值中新集团转型发展之际，这个城市需要这种企业借助上市作为驱动器，带动经济发展，所以不能让这种负面事件成为障碍。韩雯对外公关的能力和口才绝对一流，这也是她辅助父亲将中新集团推至如日中天的状态的能力之一。因此，韩雯一张口就把此事上升到了一个冠冕堂皇的高度。电话里的人回应："我们尽量争取让现场人员依法协调，最好能促成民事和解。但扣车取证在所难免，这是基本法律程序，否则一旦当事人揪住不放，我们也很被动。另外，我建议你们也主动争取当事人的谅解，不要激化矛盾。"韩雯见到警察时，一改平素里的清高，笑着问候两位民警和辅警。很显然，警察应该接到了某种指示，非常客气地对韩雯说道："您是中新集团的负责人吧？为了不影响你们的工作，同时基于报案的需要，我们会以最快的速度勘查取证，然后你们可以以保证金形式暂时领回车辆。事故科的办案民警确认主次责任和其他相应关联责任后，我们再依法行事。"韩雯赶紧示意韩永春收拾车里和后备箱的物件，同时问刘敏捷和宋清平："哪一位是刘敏捷？"刘敏捷见韩雯亲自来处理此事，口气有所缓和，但还是表达不满地说道："韩老板，我就是被你们除名的刘敏捷。"韩雯以对警察的笑意对刘敏捷说道："刘师傅，这个除名的事，章总根本不知道，早上他还在责成你们部门和人事主管，立刻纠正错误决定，说一个老员工是公司的财富，绝不能轻言开除。他准备今天会议结束后，就亲自来督办此事。

没想到竟然因这个小碰撞事故，在此遇到你，那我就代表章总向你转达他的意见，同时向你道歉。"刘敏捷万万没料到，昔日冷傲的韩雯突然变得如此慈眉善目，他竟然不知如何回答。但他明白，即使不做勘查，这辆车也肯定就是肇事车辆。不管她说的章则的态度是否属实，此刻韩雯的一反常态一定是因为肇事车辆。虽然目前对韩永春是否是肇事者尚无定论，而且他也不好说车祸的事。刘敏捷回复道："不管您说的是不是真的，先要谢谢。但用韩永春的话说，'好马不吃回头草'，既然你们已经不让我刘敏捷吃你们家的草，我有能力自食其力，所以您的好意就免了。我现在的工作是查清楚我刘敏捷的车和我女儿的伤是谁造成的，如果是他，对不起，我一定要让他学会遵守法制、尊重他人，同时依法维护我的权益。"刘敏捷指着在车里清理物品的韩永春说。韩雯分明看得出，刘敏捷不仅是气，还有恨。以她的经验，绝不能和在气头上以及仇恨中的人针尖对麦芒，尤其是以他们家和她的地位，更不应该和刘敏捷这种贩夫走卒、引车卖浆之流斗狠。再加上韩永春本身惹火烧身，自己气短理亏，此刻更不能火上浇油。于是她依旧赔着笑脸说道："不管你回不回，毕竟十年相处，你是为我们中新集团作过贡献的。听韩永春说，你们家女儿染恙，我们无论是从感情还是从道德方面，都应该施以援手。车祸也是这理，如果证据确凿，犯法部分，是韩永春咎由自取；但民事部分，还是依照情理，得饶人处且饶人。只要刘师傅开口，我们绝不讨价还价。"韩雯一番绵里藏针，滴水不漏，听上去合情合理的话顿时让刘敏捷无言以对。一旁的宋清平见状，赶紧插话说："韩总，这个社会讲法与理也讲情，用您的话，先说法，如果证据确凿，法不容情，我宋清平有一百个法理让肇事逃逸者服法，绝不苟同以罚代法，无论犯法者如何富有。至于民事部分，也是如此，我这朋友不善言辞，但善于做人，绝不讹人，所以他不会开口漫天要价，一切依法判决！"宋清平说到这，对警察说："我朋友的钥匙交给您了。我希望你们能确保最后得出的绝对是技术性结论而不是人为结论。"年长的警察接过钥匙交给辅警，然后对刘敏捷和宋清平说："放心，法律的天平不会向权贵倾斜。但还是建议，现在我们鼓励尽可能以调解为主的方式处理车祸，当然重大恶性案件会例外处置。"

姚娇和护士长还有两名护士推着车一起到监护室。姚娇告知江纾媛，刘煜的病情眼下没有生命危险，可以由重症监护室转到普通病房。护士长说，如果医药费有宽裕的话，为确保孩子能在一个更干净卫生、避免交叉感染的环境，可以选择一个单间，当然这完全是姚大夫的面子，这个单间一般不会开给普通病人。此时刘煜已经清醒，听到护士长的话，她接过话，对江纾媛说："妈，我们家并不富裕，就在普通病房吧。"江纾媛听到刘煜的话，眼里热泪滚滚。大病一场，突然的意外让孩子的心灵得到治愈，她却恨自己薪水微薄，在女儿大难之际不能为其提供一个足以保障健康治疗的环境。她对姚娇说："您的心意我心领了，女儿说得对，后面还有一大堆需要钱的地方，我们就在普通病房吧。"魏雅思说："不行，不能因为钱影响孩子治病，你们先紧着押金用，后面的事再想办法，至少我还可以顶一阵子。实在不行，还可以把老宋的彩礼钱先拿着用。"魏雅思没等江纾媛表态，就对护士长说："你们先帮忙把孩子的病房调到单间。"护士长示意两位护士帮忙把刘煜扶上推车，向外走去。江纾媛向姚娇问道："刘敏捷的 DNA 有结果吗？""结果已经出来了，但没法告诉你们，这是患者本人的隐私，只能他本人先取得检查资料，这是原则。但我还是重复之前的那句话，你要有直面一切麻烦的心理准备，更要有不惜一切困难、协助我们把这孩子治愈的准备。另外，你们还要加快准备，在两天内找到可以匹配的骨髓和血液。否则，即使是华佗再世，也难妙手回春。"江纾媛从姚娇口气里实际已经知道 DNA 的结果，心存希望有时比丧失希望还要痛苦，姚娇暗藏的结论反而让江纾媛此时只剩一种担心，那就是女儿的病情、血液和骨髓。至于刘敏捷那里即将刮起的暴风雨，她反而不再惶恐。如果他不能原谅，结束婚姻也未尝不可，而且江纾媛还有一种抉择，即使刘敏捷不提出，她自己也无法以一个纯粹的心态面对这个男人。一个女人，一旦被掩盖的污点，尤其是性污点裸露殆尽，所有的尊严实际上就已被剥夺，即使男人勉强原谅，也是一种"嗟来"的怜悯。在这种心态下去维系夫妻情感，完全就是浩劫。江纾媛对姚娇说："姚大夫，这不是我配合你们的问题，我女儿遭此劫难，实在是不幸，但遇到你是我们母女的万幸！我现在只有一条命，就是我女儿，在我女儿生命面前，其他所有的事都不是麻烦。"姚娇握着江纾媛的手，一个善良女人对一个坚强女人的鼓励，全都从手掌心的温度中传递。姚娇出去后，魏雅思安慰江纾媛："别担心，我会帮你劝的，你又不是背叛出轨，只是被强加的灾难，面对女人的伤口，男人不能再撒盐啊！他这个时候不应该为难你，真爷们儿的话就应该和你一起把孩子治好。"江纾媛回应说："婚姻和伴侣关系实际都不堪一击，炸点随时都会出现，不可强求。走吧，陪我去刘煜的病房看看，今天我得回家去取点她需要的衣物，对了，还有她最喜欢的那个背包，、手机还在车上，得给刘敏捷说下，让他带上来。"

两人正要去病房，就遇到刘敏捷和宋清平上电梯。江纾媛看见刘敏捷把自己单位的材料和刘煜的包带上了，心里顿时升起一股暖流。这就是刘敏捷的优点，总在细节处考虑得非常到位；但这也是他的缺点，过于专注细节。江纾媛告知刘敏捷女儿换病房了。她试探地问刘敏捷，姚大夫的检查结果出来了，他是先去找她要单子，还是先去病房。刘敏捷回答先去看女儿，结果就摆在那，早看晚看都一样。在电梯里，宋清平告知魏雅思，他和刘敏捷与对方交涉的经过。魏雅思说："这就验证了那句话'为富不仁'。如果证实是中新集团干的，绝对不能放过他们，一定要曝光。"江纾媛眼下考虑更多的是刘煜的医药费，魏雅思越仗义，她越觉得亏欠。她不能继续耗费魏雅思的钱，她自己也不是那种躺在别人善良床上肆意睡眠的人。她问宋清平，如果证实是中新集团那个司机干的，如何能追偿赔付，最多有多大额度？宋清平回复说现在必须解决法律证据问题，就是刘煜的伤情是否就是这家伙撞车导致。江纾媛愤愤不平："肯定是啊！我们到医院急诊有时间记录。""但无法因此推算刘煜的伤就是车祸所致，还要有场景证据。如果没有，最多就是追责肇事逃逸。由于没有具体酿成重大后果的证据，最多就是赔偿车辆损失，加上吊扣或吊销驾照。赔偿车损，他们有保险。"魏雅思怼宋清平："你这还号称大律师，把我们刘煜害成这样，就这么拿他们没办法？""你这个大主持人在主持节目时可以附加感情色彩，但法律就是这样，无法附着任何感情色彩，很多有理的事不一定会被法律认可。"刘敏捷问宋清平有没有办法找到证据，宋清平思考后回答道："有可能寻找时间技术证据链。第一，还是得要寻找目击证人，而且要在车祸发生的具体时间，这个恐怕得魏雅思动用更大范围的传媒资源去征集；第二，请姚大夫在医学病理证据上得出刘煜的致伤时间，如果这两个时间技术链吻合，再加上交管部门的勘验结果，我敢保证，不管他们家多大势力，我都会让他们付出相应的代价！""第一种方式没问题，我可以请我们台的融媒体出面，还可以叫几个平台大V和自媒体朋友帮忙。另外，刘煜出事的那个时段和路段正是我们举行订婚仪式的重合点，没准来参加仪式的朋友经过时正好撞见，我再挨个仔细问下。"刘敏捷说："那我去找姚娇大夫，顺便问下我的检查结果。"

江纾媛听刘敏捷说去找姚娇查结果，虽然她已经有了足够的心理准备，但临到刘敏捷真要跨出这一步时，她还是想暂时阻拦。她希望结局越晚发生越好，她虽然有准备，但让她当着刘敏捷的面再回忆一次那个残忍痛苦的雨夜，无异于让她从心灵上凌迟自己。她对刘敏捷说："孩子醒来第一件事就是问爸爸为什么没来。从她出事到现在，你好像都没和她交流过，她现在最需要一个坚强的父亲在她旁边。"刘敏捷也颇为动容，眼里甚至还渗出隐约的眼泪："我并不是想最后确认什么，我也不愿意去确认，但孩子需要亲生父亲的骨髓和血液，我希望我能够早点儿为孩子做点正事，我希望输入她身体的鲜血是我刘敏捷的。如果我待在她旁边，既不能救她，也没钱救她，我这还是父亲吗，还有资格做父亲吗？"刘敏捷说完，头也不回径直快速离去。宋清平不明就里，充满疑惑地看着魏雅思。魏雅思没有答疑，突然对江纾媛说："刚才宋清平提到，通过网络寻找目击证人，那我突然联想，万一刘敏捷最后一丝希望破灭，我们又该怎么寻找那个人？是不是也可以通过网络呢？"江纾媛连连摇头："那怎么行？刘煜的名誉、我的名誉该怎么办？""在孩子的生命面前，名誉算什么？这个时候命重要还是名誉重要？"宋清平从前前后后的话中好像厘清了头绪，律师的思维逻辑在这种时刻往往异常清晰。他认为前面征集目击证人的网络行动可以大张旗鼓去干，但后面的寻人就涉及个人隐私的法律限制，尤其是未成年。"可以尝试隐去当事人的头像和具体身份。""对对对，这样两头不误事。""但是有一个'登天之难'的问题，就是那个人会站出来吗？十五年了！而且涉及强奸？谁会背负这种身败名裂的罪名？"魏雅思此时的主持人天性被激发了出来，她说这也是微乎其微的机会，赌一次人性！宋清平不置可否："强奸犯会有人性？再光辉的人性，也不会把自己投入监狱。""如果他站出来救了刘煜，江纾媛还会告他吗？一个没有原告人的强奸案成立吗？大律师？"宋清平以律师的身份冷静地回应道："如果刘敏捷坚持要告呢？""除非他脑袋短路。别人冒着风险救了孩子，他为什么还要去告？一个惩罚善人的人一定是恶人，刘敏捷本身是善良之辈，而非恶人！从另一面讲，即使他想告，法律会帮他吗？一个惩罚善人的法律一定是恶法。"宋清平无语，他实在无法回答这个问题，他不是当事人。从男人的角度来看，他觉得那个强奸犯实际是给刘敏捷"戴了帽子"，刘敏捷完全有理由不善罢甘休；从法律角度来看，他也认为即使这家伙真凭着人性站出来，也不应该抵消他的犯罪事实，每一个人都必须为他所犯下的罪付出法律的代价，法律拒绝以赎罪的方式消除罪行！人与人之间可以原谅伤害，但法与罪之间不存在和解，这就是法律的本源。魏雅思在法律上有盲点，永远是以情感释法，所以她关于善人和恶人的定义就是误解。作恶之人在没有服法之前，永远不可能是善人，作恶之人的善行不可能成就其善人的形象。

但他不想和她争论，而且他只是律师，律师不应该通过主动鼓励人去诉讼而获取利润，否则这和那些故意把没病的人治成大病的不良医生有何不同？再说，这场诉讼都还没发生，没有原告人与被告人，没有受害与伤害的确切判定，又何必为此和自己的爱人喋喋不休地争论？争论很容易变成争吵，争吵或多或少会影响感情。于是宋清平苦笑着摇头说："来点务实的讨论吧，魏雅思，你赶紧去策划一下文案吧，不管刘敏捷怎么反应，此事虽属无奈之举，也不失为权宜之计，宜早不宜迟。"魏雅思说："也行。"然后她转问江纾媛："你觉得呢？"此时的江纾媛左右为难，反复思忖后回答道："还是看看刘敏捷的反应和态度再决定吧！"

在姚娇的办公室，刘敏捷拿着检测报告的手不断哆嗦，他自己也分辨不清是气愤还是伤心。刚才坐宋清平的车回医院的路上，他不断地拿着手机查询关于 Rh 阴性 AB 型血和儿童原发性骨髓纤维化病情的科普，现在他对着检测单上的数据，已经完全明白了其中的含义——他的确不是他深爱的女儿的亲生父亲。虽然之前他一直强烈地想早点儿知道结果，甚至已经对结果有了不祥的预感，但他还是鬼使神差地想去办点别的事，包括他以最快的速度去了中新集团，查证车祸的肇事车辆。他自知不敢面对这个结论，一旦揭开真相，就意味着他所有的幸福将烟消云散——承欢膝下的爱女，如胶似漆的爱人，天伦之乐的爱巢，原本在昨天都属于他刘敏捷的人世间最美满的一切，一夜之间荡然无存。十五年的血缘之爱瞬间沦为笑话，二十年的山盟海誓竟然化为"绿帽"，这种打击如何承受？然而刘敏捷也知道，"是福不是祸，是祸躲不过"，他还是得直面这惨淡的人生。男人可以被命运伤得千疮百孔，但不可以一蹶不振。他还是得思考得知真相以后的应对方法。刘敏捷强迫自己镇静下来后，意识到还有一件重要的事没做完，就是咨询刘煜伤口的时间，有没有医学途径支持这种取证方式。刘敏捷是爱面子的男人，他不可能只拿着自己的化验单去处理后面的事情，那样显得他太自私。即使要散，也得大公无私、风轻云淡。刘敏捷将自己与宋清平等人商量的问题和盘向姚娇提出，但姚娇的回答让他失望。姚娇告诉他，这个得请法医，她不擅此道。就算请法医，他们这儿没有，还要去专门的法医机构请人会诊。姚娇看到眼前这位慈眉善目的男人，心里无限同情，她同情这个男人一天内的凄惨遭遇，她怕不小心就因某一个词刺痛这个可怜男人的心底伤口，并导致灵魂的"白血病"。而且姚娇从刘敏捷的眼神里看出，他已经知道事情的根源，所以她委婉地对刘敏捷说，现在应该心无旁骛地为孩子寻找合适的血型。所有人都应该齐心协力。刘敏捷回应说："是啊，一个如花似玉、人见人爱的生命。确确实实得感谢姚大夫啊！那我先去病房了。"

新病房装修得像星级宾馆。护士正在床头插放病历卡片，这是姚娇故意交代护士刻意用模糊病理说明的，主要是担心如实写明病因容易引发少不更事的刘煜的恐惧。江纾媛看见病历卡，顿时明白姚娇的良苦用心。江纾媛从病床开始打量整个病房，这是她平生从未见过的奢华病房，有独立的洗卫系统、空气净化装备、全自动声控遥控，宽阔的露台被一层朦胧的细纱窗帘遮罩，床头的声控开关可以随意闭合窗帘；还有54英寸的电视机、网络装置，高低书柜将房间点缀成一间惬意十足的书房。越是目睹眼前这一切，江纾媛对魏雅思越是感激。人世间得一知己已属凤毛麟角，还兼有倾囊相助的铁杆道义，乃是百年修得的同船渡波之缘。但她越感激，越觉得亏欠魏雅思和宋清平。她不知道自己该如何归还这笔钱，更不知道该如何偿还这个人情。江纾媛又想起车祸肇事者，那个应该千刀万剐的中新集团的司机。她正准备继续与宋清平讨论，结果被护士打断。原来刘煜被房间的装备震惊，她四处体验着声控的愉悦，甚至情不自禁地准备下床到露台，但是被护士拦住，护士说："现在你的伤口、身体不能再发生任何触碰性意外。这种带有空气净化系统的房间，我们全院只有三间，不仅能让患者身心愉悦便于养伤，更能防止感染。"刘煜被护士严肃的表情弄得有点紧张，便询问护士自己究竟得了什么病？护士正要回答，被江纡媛拦住。江纡媛指着床头上标注的病历卡说："就是一般性骨髓增生变异症。"刘煜疑惑道："这是什么病，不就是外伤吗？怎么整成这个样子？"江纡媛递过刘煜的包："这是你爸给你取过来的手机、苹果平板绘画板，你的状况稍微好点，你自己也可以查一下，主要是因为食用过多高热、高脂肪食物产生骨髓增生变异，在你查血时一并查出来了，很快就会恢复的。"刘煜半信半疑地问："爸爸怎么还没来？""爸爸来了啊，早来了！"随着话外音，刘敏捷进入病房。刘敏捷摸着女儿的头，真情流露："小煜，爸爸昨天就来了，后来加班去了。从现在起，爸爸每天陪着你。""那你不上班了吗？不工作会被老板扣钱的，这病房每天应该花不少钱吧？""爸爸会守着你，直到把病治好，和你身体相比，工作不算什么！""那不行。妈妈说我很快会康复的，可工作丢了，就不那么容易找到了。我经常上网，知道现在全国失业率居高不下，工作是穷人的命。我以后一定要当老板，聘你做董事长！那时你再请假，我绝对不扣你工资，更不会炒你鱿鱼。"江纡媛在一旁看见父女之间如此亲热的交流，刚才那种恐惧感缓解了许多，她多么希望这种场景能够永续，但她知道，这才是刘敏捷的副性格特征——

即将爆发之前，往往异常平静。此时的刘敏捷继续与刘煜对话："乖，你当老板第一天，我就报到，我会把你的办公室装修成全AI，我不当董事长，我当你助理。"魏雅思在一旁看见这个场景，与江纾媛耳语："你们家这位葫芦里卖的什么药？他不是去找了姚大夫吗？"江纾媛同样与魏雅思咬耳朵说："钱塘潮奔涌之前都显得很平静。""如果真要发作，你现在得忍。只要他能保持对女儿的这种态度，就是最好的状态。刘煜现在特别需要亲情。"

正说话间，另一名护士推着针药车进来，告诉众人要给患者输液，同时希望病房不要有太多人。刘敏捷听闻后对江纾媛说："那我们出去吧，先说下关于查证比对伤口的事。"刘敏捷和江纾媛分别拥抱刘煜后走出病房。

病房外，众人听完刘敏捷转述的姚娇的说法，情绪一下都变得低落。魏雅思说："纵然麻烦也得进行。刘煜的伤病分明就是这家伙造成的，我相信这世界上的科学冥冥之中也会有公道的功能，人间自有公道，一定会有办法。如果实在鉴定不了，我就去找他们谈判，晓以利害。听说他们正在上市，我就不信他们不怕引爆舆情，波及上市。"宋清平打断魏雅思的话说道："凡事不仅要以理服人，更要以法取人，这种拿着别人短板变相迫使其服从的行为不可取。我还是以我的渠道，多找几个法医专家商议一下，看看有无办法，我先走一步。"宋清平担心又和魏雅思发生争执，立刻道别。魏雅思看出宋清平的小心思，拦住他开玩笑说道："律师要听客户的最后意见，不能自作主张，问问江纾媛的看法吧。"江纾媛回复道：
"我哪里是什么客户？你们夫妻就是拯救我们一家的天使，都听你们的。"
江纾媛突然想起刘敏捷刚才和女儿说的话，问刘敏捷："刚才你说不上班，
专陪女儿，真的假的？"刘敏捷愤愤不平地说："真的，不去公司了！"
江纾媛诧异刘敏捷的表情，说："不去怎么行，会被开除的！这儿有我，
你还是去公司吧，下班后再来！或者你今天先陪宋哥去找法医，明天再去
公司。"刘敏捷再也忍不住骂道："去他的公司，我已经被开除了！这个
狼心狗肺的资本家，让我女儿遭此大劫，还让我下岗失业，我绝对不能饶
过他们！宋哥，此恨不消，何以安生？你一定要帮我！"众人听闻，个个
义愤填膺！江纾媛以为是因为刘敏捷要追究肇事责任才导致被中新开除，
于是说道："这完全是蛮不讲理，野蛮成性，为富不仁，他们把我女儿撞
成这种惨状，不但未赔偿，还要因此开除我老公，天底下竟然有如此恶人！"
魏雅思对宋清平说："清平，这事如果你不为刘敏捷一家讨回公道，你这
律师就别干了。"宋清平的职业素养让他永远都处于静如止水的状态，他
心平气和地回复刘敏捷："敏捷，法律不是为帮助人消除仇恨的，被仇恨
绑架的法律会丧失正义，我们现在需要做的是运用法律让施害者心悦诚服，
让受害者享受公平正义的慰藉，消弭仇恨。越冷静，则越能发挥法律的极
限力量。"宋清平看到刘敏捷不作声，便转向魏雅思说，"雅思，法制的
公平性在当下会受到人制的某种干扰，所以未必每一次公道都能如愿。但
正是这样，才需要律师义无反顾、勇往直前，推进法制排除一切人制的制

约，实现法制的最大化正义公约，越挫越勇。所以无论发生什么，我这律师一定会干到生命的最后一刻！"魏雅思笑着说："人们都说书呆子，我看还有死顽固。但我可声明，如果我觉得你这个律师理念与我的价值理念完全冲突，我可不会陪你到终。"宋清平笑着对魏雅思说，"希望我的律师专业不会用于我们婚姻的解除，真要走了，告辞！""我们一起走吧，我得赶着把今天的节目录完，然后集中精力去策划寻人启事。用清平的话说，要把所有的证据、真相和恶人都挖出来！江纾媛，我俩先离开了，随时电联！"

　　只剩下刘敏捷和江纾媛的过道，气氛突然变得尴尬。江纾媛已经有心理准备，她看见刘敏捷欲言又止的样子，于是主动挑开话题，对刘敏捷说："估计你已经从姚大夫那里拿到化验单，结果你也知道了。是你问，还是我主动说？"刘敏捷没有直接回答，仅仅提出了一个问题："我不想知道具体过程，那是折磨你也是折磨我的描述。这孩子是结婚前的，还是结婚后的？"江纾媛也不支支吾吾，直截了当地回答道："还是以前的说法，我从不撒谎，我也不愿意再回忆这场灾难。我能够回答的是，既不是结婚前也不是结婚后，就是婚礼的当晚。那天出走，我酒醉后被人强奸了！我从来没有出轨，没有背叛，没有谎言，更不会把当晚的灾难算在你的头上，全是我的过错。之所以隐瞒，只是出于不想让这种不堪破坏我们的生活。我抱有侥幸心理，或许这一段被侮辱的耻辱，我可以独自隐藏忍受，直到带入坟墓。发现自己怀孕后，我经过测算，发现就是婚礼以后，我依旧抱有侥幸,希望这孩子不是那个该死的,是你的。我原本想打掉,不想让这种不能鉴别的生命压迫得我惶惶不可终日,度日如年,如负枷锁。但你知道,我是反堕胎主义者,每一个成型的生命都是无罪的,所以我决定生下来。小孩出世后,几乎长得与我一模一样,这让我欣喜若狂,我越发坚定地让自己相信,这就是我和你爱情的结晶。所以在你的加持下,我用我的命养育这条命。但没承想,所有的侥幸与希望都被这场车祸粉碎了。"

江纾媛看着刘敏捷满脸狐疑,恢复正常的表情说:"你可以测算一下孩子的出生时间。总之一句话,你可以鄙视我,但不要怀疑我的人品,并以此认定我一派谎言。我们怎么办,孩子怎么办,一切由你判定抉择!我不想祈求。尽管我很希望你能一如既往地关爱孩子,她此时需要强大的父爱,需要我们共同营救。"

刘敏捷掏出烟,但无主的眼神瞅到了禁止吸烟的招牌,又放了回去。尽管他心里已被父女情感完全填满,但又不断被一股外力向外推出。"我现在唯一能决定的是要讨回公道。刘煜是无辜的,她应该得到赔偿。我也是无辜的,中新集团也应该赔偿。"

正说着,刘敏捷的手机响起,是交警队的座机。电话那端的警察告诉他,车祸鉴定结果已经出来了,路虎车的确是肇事车辆,他们按照规定已经传唤肇事车辆驾驶员到场做询问笔录,希望当事人能够到场,第一能够做质证笔录,第二看看有无因车祸关联的其他损失,如果有,请带好证据。来之前也想想是否同意调解,以及如何调解。刘敏捷回复说当事人是自己的妻子，可否代表？电话那头告诉刘敏捷，必须是驾驶员本人，他可以陪同。刘敏捷与江纾媛商量，只有让江纾媛自己去，最好请宋清平陪同，他要留下来照顾刘煜。

呼叫人性 肆

天底下的男人都有可能犯错，但真正的错是不惜以任何手段去遮盖自己的错，不去为自己的错赎罪，不去努力弥补自己的错误的责任，不去实现对自己的救赎。

医院外，江纾媛在出租车上正要给宋清平打电话，结果魏雅思的电话先进来了。魏雅思说，她的团队已经策划好了一场直播，而且是全网置顶，她的融媒体朋友全部尽义务，但是需要江纾媛本人亲自到现场，这样感染力会更强，更有可能唤起那个作恶人的现场记忆和良知。"我无所畏惧，只要为了刘煜，我任何事都可以豁出去。但不要出现我孩子的名字。"江纾媛回答。"不要妄自菲薄，女人已经承受了肉体磨难，任何人更不可以精神磨难再度加身，包含女人自己。世界上没有破鞋，只有渣男。"魏雅思安慰江纾媛。关于如何保护当事人隐私，魏雅思团队已经制定了一套完整的流程，就如何表达，她们也做了台本。江纾媛告诉魏雅思："交管局通知本人去做质证笔录，还有可能要调解。我完全没有应对经验，可否让宋清平陪同？结束完交管局的事，我就赶到节目现场。""那我通知宋清平，你在交管局门口和他会合。"魏雅思回答。

中新集团的会议非常顺利。由于韩国力临时退出，全部商会代表一致选举章则出任新成立的商会会长。同时，大会还全票通过章则的商会工作报告，尤其是章则提出的两项基金和一份行业自律准则：一个是同业救助合作基金，另一个是同业职工失业救助基金；行业自律准则中最重要的条款，就是抵制恶性价格竞争。其实这不完全是章则的个人主张，韩国力对此也付出了大量的心血。韩雯进入会场时，章则正好走下主席台。韩雯一直在犹豫，是不是要把韩永春捅的娄子告知章则。她原本想亲自处理，但是她曾经承诺，绝不参与中新集团的任何决策，所以她最后决定还是听从章则的意见。

意气风发、神清气爽地走下主席台的章则看见韩雯神色有异,于是主动过来问韩雯。韩雯小声地将韩永春捅的娄子和盘告知章则,章则刚才的表情顿时消失得无影无踪。他对韩雯说:"昨天韩永春接我时,我就发现车有问题。我问过他,结果这家伙又撒谎。'蚁穴溃堤'啊,得高度重视这件事!但现在这么多同行大佬都在,我没法弃之不顾啊!此事又不方便其他人去处理,我建议你破个例,亲自处理一下。刘敏捷家现在急需用钱,能用钱摆平的事都可以处理,既算赔偿,也算补偿。如果他女儿真是因为这次车祸住院,我们还因为他去看女儿而开除他,的确是罪过,应该最大限度用物质致歉。辛苦了,老婆大人。不过经过这事,我看最好还是不要让韩永春做司机了。当然,最后由你决定!""估计他也做不了了。刚才交警队已经传唤他去做笔录了,交通事故逃逸,加上刘敏捷那个律师朋友,以刘敏捷目前的恨意,是不会那么容易放过他的,交管肯定会把他的驾驶证给扣了。我先去一趟。"

宋清平停好车后与江纾嫒会合。宋清平看见一脸愁云的江纾嫒,安慰说:"调解不是一次性的,举证有时间缓冲。我们见机行事,见招拆招。待会儿你不要轻易表态,我能说的尽量我说。另外,我这准备了一份律师委托书,你先签个字。"宋清平拿出委托书,递给江纾嫒。江纾嫒看都不看直接签字。宋清平笑着说:"按照程序,你应该核对委托书条款后再签啊!""这上面即使写的是卖身契我都签,下辈子我都不知道该怎么报答你们。"

两人到达调解室，发现韩雯和韩永春已经坐在里面和两名交警谈话。韩雯看见宋清平和江纾媛，赶紧和蔼可亲地起身，对江纾媛说："如果我没猜错的话，您应该是刘敏捷的妻子吧！好漂亮，刘敏捷真有眼光。二位请坐！"

韩雯有一种强大的能力，善于把很多场所当作自己的主场，而且总能把主人的气场表现得淋漓尽致，且完全没有盛气凌人的感觉，也没有做作和违和感。而江纾媛是一个极为敏感的女人，她分明察觉到这个女人的表情和语态完全是刻意营造的，她最不喜欢这种雕饰的性格。但她知道，这种女人也很厉害，不能随便开撕，一旦开撕就会往死里整。江纾媛的态度不冷不热，极力掩藏自己的愤怒，问韩雯是谁。韩雯感知到了江纾媛的冷意，但她来之前就已经告诫过自己，要热情，绝不能热战。韩雯表现得丝毫不在意，依然满面春风地告知江纾媛，自己是韩永春的堂姐，也是中新集团的原总经理，有绝对的决策权代表韩永春也代表中新集团做出任何决定。"而且来之前，中新集团的新任总经理已经明确指示，赔偿与补偿的标准由你们来定。"韩雯的柔性让江纾媛和宋清平一时不知如何应对。宋清平依旧按照严谨的法律术语问一旁事故科戴眼镜的交警："民警同志，有关这起事故的定性、主次责任，以及肇事人审问笔录都已经完成了吧？"交警指着桌上的笔录和勘验报告告知宋清平："详细的记录都在这儿，按规定，我们应该只向事故关联方驾驶员口述并质证，但这件事中肇事人态度很好，又承认违法，也愿意赔偿，我们建议按交通法处罚的部分照章执行，民事部分你们和解。所以可以直接把肇事人笔录给你们看看，确认一下有没有与事实不符合的地方。"

宋清平接过询问笔录，浏览后递给江纾媛。江纾媛看完后对宋清平说："时间地点经过都正确，他也承认的确逃离现场。"民警说："如果对事实部分没有争议，那我们做个简单的笔录，就进入调解阶段！"宋清平问民警："你们将如何处置逃逸者？""听你口气，你应该懂法，目前没有直接有效证据证明肇事者已经触犯交通肇事罪，根据交通法，没有酿成重大后果，且此人认罪态度较好，积极赔偿受害人损失，可以考虑对肇事者采取罚款、吊扣驾照。至于最后如何处理，我们还要报法制部门审定。"宋清平说："我是当事人驾驶员江纾媛代理律师，这是委托书。"宋清平一面将委托书交给民警，一面继续说："我的当事人会在笔录中提出延期举证申请，证明肇事逃逸人已经对当事人造成重大伤害，构成涉嫌交通肇事罪。至于民事赔偿部分，我们可以先聊。"韩雯见宋清平神情坚定，意欲在交通肇事罪上纠缠，赶紧说："不论您将来提供的证据是否证明车上有人受伤或者受伤是不是因为车祸，我们都诚心诚意地希望能最大限度地赔偿你们的损失，这样可以解决实际问题，也可以表达我们的歉意。赔付数额你们说，我们绝不讨价还价。希望我们不再过多纠结于那些旷日持久的证据论证，影响双方最为关切的实际问题。就算你将来证明韩永春的确构成交通肇事罪，该坐牢，但你反过头来想，等最后的司法结论出来，赔付无法及时展开，就会妨害所有人的利益。""违法归违法，赔偿归赔偿，刑事附带民事，不互相影响。法律不提倡以罚代法，拒绝用金钱覆盖法律。你说的影响利益的事，我的当事人愿意承受。"江纾媛此时考虑最多的还是医疗费的事，虽然目前有魏雅思帮助垫付，但这是朋友的钱，她绝不能无限地利用友谊挥霍别人的钱财。她听韩雯说可以不讨价还价，由自己开口，而且韩雯的理由也成立，当下她的确太需要钱来救自己的女儿了，她拖不起，所以她内心也赞成韩雯的意见。但江纾媛又不想当众违逆宋清平，也担心宋清平把这条路给堵死了。江纾媛想提条件，说个十万元，先把魏雅思的钱给还了，但又担心后面的钱不够用来支付医院随时都可能增加的费用，还怕说多了，对方不同意。江纾媛急速思考后，告诉韩雯标准需要由自己提出后再经双方协商。

韩雯从江纾媛这里看到妥协的希望，不假思索地说："可以支付五十万。"一旁的韩永春睁大眼睛看着自己的堂姐。这数字也超越了江纾媛的想象极限，但她无法表态，她属于那种既务实又清高的女人。她担心同意韩雯的价码后，对方心里认为她就是借机索要巨额赔偿，哪怕是对方内心并未表示的鄙视，都是对她人格的侮辱。民警看见韩雯开出一个大价格，他不便参与表态，于是让双方协商，他们先出去。

民警离开后，江纾媛把宋清平拉到一旁小声商议。宋清平说："我坚持法律的底线原则，从法律上，我只赞同在法律判定的标准上协商，但目前的证据尚未确证，想要固定证据还需要时间，关于赔付数额不便表态，未来到底要多少钱治病，法律上是否支持这个数额？我没法判定，所以，关于这个数字，需要由你和中新集团商定。我要说的是，不管对方赔付多少，如果证据证明交通肇事罪成立，哪怕赔付再多的钱，都不能免除对方的刑事责任，充其量只是减轻处罚而已。"但江纾媛害怕如果完全坚持追究对方刑责，韩雯会收回自己的承诺。韩雯在一旁见两人在商议，担心夜长梦多又生变故，便见缝插针地说："如果你们担心日后孩子还需要更多的资金疗伤，我们还可以追加五十万，共计一百万。"韩永春听闻，再也忍不住了，说自己愿意承担任何刑事责任，绝不同意赔付一百万。韩雯斥责韩永春，此处没有他发言的权利，让他闭嘴。江纾媛见状，不再和宋清平商量，她不能再拒绝或放过这个机会。不管他们怎么想她，这笔钱肯定能够拯救自己的女儿。江纾媛脱口而出："我同意韩总的意见，就一百万。无论将来发生什么事，我们放弃所有的追诉。"宋清平的脸色变得有点难看，他对江纾媛说："既然你可以自己做主，那代理人委托即告终止。"说完，宋清平独自离开。

离开交管局，江纾媛赶紧给魏雅思打电话告知刚才的一切经过，她再三向魏雅思道歉，一定请魏雅思向宋清平解释清楚。宋大哥热心快肠，尽义务帮她们一家，结果还弄得他拂袖而去，她真心觉得有愧于他。魏雅思安慰江纾媛："宋清平除坚守他自己的法律原则外，从来就没有隔夜仇，再说你的选择没错，刘煜着实太需要钱了，而且又不是你漫天要价，是他们主动心甘情愿补偿。这笔钱对刘煜、对刘敏捷、对你们全家，既重要，也是该得的。而对中新集团，这点钱算不了什么。更何况，事实就是得讲，未来还有啥事发生都不可预料，这个钱还够不够尚未可知。你赶快到现场。"江纾媛听完魏雅思的话，如释重负。她给魏雅思的卡上转了十万，她一分钟都不能耽误还钱给魏雅思，这个钱多待在账上一分钟，她就有一分钟的情感负担。然后她又给刘敏捷打了一个电话，告知到交警队的情况。刘敏捷没有表现出太多的情绪，只是简单地说了一声："这我就放心了！"这种态度反而让江纾媛心里又生波澜，她在琢磨刘敏捷这句话的含义，是以后就不愁钱为孩子治病了，还是说有钱为孩子治病，他就可以脱手了？她想问刘敏捷，又觉得此时还是不要挑起新的矛盾为好，因为她还要告知刘敏捷自己的另一个决定：要在网络上讲述自己那段不堪的往事。其实她在去魏雅思的直播现场前，就一直犹豫不决，这件事是否要征求刘敏捷的意见？一方面，她在想只要刘敏捷不宣布离婚，他们就还是夫妻，是一家人，他们是一个家庭荣誉的整体，必须征求他的意见。另一方面，江纾媛又担心刘敏捷会阻挠她，刘敏捷是一个把面子看得比生命还重的男人。虽然魏雅思说，会使用技术隐去一切泄露当事人身份信息的可能，但江纾媛还是觉得万一泄露，会令刘敏捷无地自容，刘敏捷会不顾一切阻断自己的最后努力。至于她自己，她早已经将所有利害抛诸脑后，她只要救女儿。思前想后，江纾媛还是选择对刘敏捷如实相告。刘敏捷听完，意外地淡定："这是你个人的自由和权利，但你要发誓不能影响刘煜。"江纾媛听到刘敏捷这句话，意识到刘敏捷已经决定和自己各奔东西了。人在未知结局之前，会为未知结局所带来的命运变化忐忑不安，一旦知道结局，反而会无所羁绊。此时的江纾媛就是这种心情，她决定放手去干。她开始自我设计台词，并开始记忆诵读腹稿。

魏雅思布置的直播间很简洁。因为不是新闻节目，也不用前期审查太多的内容，所以没有多余的人，只有一个摄像师、一个操作人员，负责随时导入弹幕和回答。魏雅思自己做主持，她将策划好的台词交给进入直播间的江纾媛，让她熟悉下文稿，把握节奏、语气和感情基调。江纾媛由于在抵达之前就已经酝酿了很久，所以在进入现场时已经没有了紧张感。她亲自修改了一下台词，然后又默念了一遍，将台词递给魏雅思说："行了！"魏雅思问她是否要先试试看看效果，江纾媛说没必要，这又不是演戏，完全是真情流露，没有丝毫矫揉造作。不需要试戏。魏雅思让操作人员重新输入文字，导入提词器，屏幕上出现文字。魏雅思告知江纾媛："这个提词器就在视线正前方的平视线上。文字距离、大小、播放速度非常贴近正常说话的语速，也适合你读，观众根本看不出你是在念稿，能够最大化显示真情实感，从而打动人心。"魏雅思问江纾媛是否需要化点淡妆，江纾媛自嘲现在完全是残花败柳，本色出演，不用装了！

韩雯回到酒店时，章则的宴会已经结束。踌躇满志的章则看见面露喜色的韩雯，知道她已经搞定了韩永春肇事逃逸的案子，根本没问过程就赞赏没有老婆摆不平的事！韩雯说："这个世界上没有钱摆不平的事，尤其是中新集团善于且不吝啬花钱！"韩雯说的是大实话，十几年来，无论是韩国力还是韩雯抑或是章则，都热衷于公益和慈善，而且从不张扬。就韩雯知道的数字，仅捐赠各类赈灾款就有三千万，但这个城市评选慈善人物和企业，中新集团从不上榜，而且中新集团从不把捐款用于抵税。在他们家看来，世界上著名的慈善家都是伪善，慈善不可能成为大家，太著名的善人都非真善。如果把善款用于抵税，更是利用国家资源牟取利益。

章则让韩永春送韩雯回家，并告知韩永春回来后就不用到总经理办公室了，直接去做大堂经理。韩永春看了看韩雯，韩雯不置可否。韩永春问章则可否去某个二级公司锻炼？章则回答："如果中新集团不是家族企业，你恐怕只能回家去坐大堂了！通过这件事你应该有所领悟，所有用谎言掩饰真相的行为，最终都会受到真相的惩罚。所有犯错误的人，如果不为错误埋单，将来还会一错再错。"离开韩雯的庇护，心虚理亏的韩永春只得灰溜溜地离开。

章则刚进入办公室，公共关系部的部长就把会议的新闻通稿和媒体发布方案送过来请他批阅。章则看后说："还是要添上市里的电视台，这种正式会议还是得由主流媒体发布更有公信力。"部长笑着说："您不提电视台我们都已经遗忘。现在的电视台发布新闻的速度受审查限制越来越慢。不过好像他们最近也开了一个流媒体频道，活跃用户数不断增加，原来播新闻的'金话筒'魏雅思开始做这个频道的总监兼主持人。"章则很少关心新闻，但魏雅思这个人他还是有所耳闻的，他好奇地让部长打开电视台新开的流媒体频道链接，魏雅思与江纾媛的访谈正好出现在界面。

　　章则原本只是想看看频道的品质和数据，但江纾媛的哭诉让他的目光停留。视频里的江纾媛哭诉道："我唯一能记得的就是时间，那是2008年奥运会开幕式的当晚，我从酒吧出来，那个男人趁着我醉酒，强奸了我。"章则让公关部部长直接把链接地址发给他，说自己再看看，让女部长先出去，并告知女部长，出门带上门，同时告诉其他人和总机，任何人、任何电话都不要打扰他。

　　女部长出去带上房门。章则迅速打开链接，视频里是江纾媛继续哭诉的镜头："我现在不恨你，请你站出来，救救这个孩子，我发誓，我也绝不告你。这个孩子需要你的血，需要你给她植入骨髓。求你了，你不能因你的恶让一个无辜的孩子受罪，求你了！"

　　魏雅思在一旁问江纾媛："江女士，您还能回忆清楚当晚你所在的酒吧的具体位置吗？您还记得酒吧的名字吗？"江纾媛痛哭流涕地说："真的，我不知道，我醉了，我不记得，我也不愿意去想，这都没有用，那个罪人如果还活着，还有一点人性，就只能靠他的人性让他站出来。"

　　魏雅思开始动容起来，她的主持能力和她发自内心的情感融为一体，爆发了。她说道："我不愿意在此时此刻使用'强奸犯'这个词，就用江女士的话说，她承诺不控告你，没有原告人的案件嫌疑人不应被称为强奸犯，江女士也不希望让你在这起事件中成为强奸犯。但是我还是想用'男人'和'爷们儿'这种通用词，天底下的男人都有可能犯错，但真正的错是拼命遮掩，不为自己的错赎罪，不努力弥补给他人造成的伤害。我可以理解当事人，十五年后的现在，你有可能已经功成名就，拥有和谐美满的家庭和生活，你站出来有可能面临家庭的冲突、名誉的损失，还会失去你现在所有的幸福。可是我要说，一个花季少女的生命即将逝去，在生命面前，你觉得你有可能失去的，会比这鲜活的生命重要吗？更何况这个生命的诞生也有你的责任！请站出来吧，如果你是爷们儿的话，如果你还在这个城市，还在这个世界上，请勇敢地站出来吧！你活着，也应该让这个孩子活着。我的联系方式随网公布，24 小时开机！"

章则闭上眼睛，脑海里闪电般地浮现十五年前的场景。

当时的中新酒店虽然已经是这个城市最有名的高端场所，但远没有如今五星级酒店的奢华。作为酒店的总经理助理，章则以勤奋、忠诚、智慧、学识、能力获得了中新酒店的掌门人韩国力的高度赏识，韩国力主动向章则提议，想把他招赘入门。寒门出身的章则喜出望外，自然满口应承。但海归韩雯对老爹擅自做主的行为不以为然，虽然她在富家千金的族群里已经算乖乖女，但海外的阅历和富商娇养的习惯让她无法与老爹达成妥协。这都什么年代了？包办婚姻的陋习早就该淘汰，更何况对韩雯这种堪称精英养成的顶层美女来说，无异于阉割其人性了！尤其是对章则这种农家子弟，韩雯浑身上下都充满了鄙夷。在她看来，来自田野的男人，即使穿着西装，也永远无法遮盖他身上贫穷的味道。在与韩国力多次冲撞之后，韩国力并没有继续强求宝贝闺女顺遂自己的心愿，但老谋深算的他选择了采取迂回的策略。他说服读 MBA 的韩雯回国进酒店帮衬管理，这倒深合韩雯之意。韩国力给韩雯安排的职务是总经理，他自己则抽身专事营运。如此，章则成为韩雯的助理。韩雯回国的当天，韩国力没有让韩永春去接，而是让章则当了司机。韩雯之前只是看了章则的照片，章则去接她时，她发现章则本人更帅气，西服里不但没有泥土味，反而有淡淡的男士古龙香水味道，这是一款勾引女人想象的品牌。如果不是事先知道章则的底牌，韩雯完全无法把这个坐在驾驶位上的男人与他的贫穷出身关联。章则一路并不多言，完全没有男人故意搭讪的陋习，只是在韩雯询问时才开口，而且一开口就让韩雯感觉到了他的文化素养和口才，尤其是英文水平，完全与她这个剑桥高才生不相上下。这让韩雯产生了极大的好奇心、神秘感和谈兴。这正是章则精心设计的结果。章则大学时选修过心理学，重点研究方向是骄傲的贵族气质女性的心理，他在校期间很想实验自己的学习能力，可整个学校都没有可用于这种类型的实验对象，这也让章则成为全校毕业时的最后一个处男。这种浪费在爱情领域的能力却在毕业以后派上了用场，他发现，高傲女人的内心其实和高傲男人有很多相似之处，比如因为高傲而表现得对人冷漠，实际上却因缺少碰撞而缺少知己；因为清高而排斥阿谀奉承，内心深处却呼唤"仰之如日，空倾葵藿之心"。；因为居高临下而在表面上显示地位主动，实际上却最怕被人冷落。进入中新酒店后，他在一个最底层的秘书文员岗位上，很快发现了韩国力的这种特质，因此他从反个性、逆习惯的角度去适应韩国力的风格。比如，韩国力进入公司，大多数人都是起身毕恭毕敬笑脸相向，唯独他安然如故，不动声色地在自己的工位上处理事务。总经办有五个文员，其他四人都寻找机会向韩国力递交文件，借机发表自己的观点，以寻求得到韩国力赏识的机会，只有章则从来不去敲门。几乎所有人被韩国力训斥时都点头哈腰、唯唯诺诺，只有章则不卑不亢地向韩国力阐释自己的见解。比如，有一次市里要征集星级酒店作为突发事件的人员集聚地，支付的专项费用远远高于常规标准，当时正值章则值班，他居然没将电话记录报告给韩国力。韩国力事后得知这个机会被水城酒店拿走，查询电话记录才知道是章则压下了通知，于是大发雷霆，直言要开除章则。章则却镇定自若地向韩国力解释："真正的高端酒店必须做出自己的定位性专属品牌，如果为贪享一时暴利而放弃自身的企业定位，从长久来看势必影响企业的商业形象。"章则表示，自己之所以未报，一是因事态紧急，市里要求马上答复，他认为不能让这种仓促之下作出的决定影响公司老板，他觉得作为秘书应该为老板屏蔽一些负面信息；二是他也犹豫过，如果实践证明他违背了老板的思路，妨碍了老板的最后决策，导致自己失业，自己愿意承担后果。韩国力听完章则的解释，仅仅扔下一句"下不为例"，就不再追究。第二天，章则就被提拔为总经理办公室主任。章则事后从韩国力口里得知，韩国力是因为三个理由作出这种决定的：第一，他本身是孙嘉淦"三习一弊"理论的狂热倡导者，认为在一个企业里老板如果听不到职工的异议，这不是权威而是危险，章则是第一个忤逆公司惯例、改变老板和员工对话机制的人；第二，他认为一个公司如果全员都习惯于将决策权一股脑儿扔给老板，这种企业文化实际上是在挖坑，以无限畏上阻断了企业的基础防火墙系统；第三，也是最重要的一点，他极为赞赏章则的话，一个人应该为自己的过错承担责任，这与他自己的人生格言不谋而合。一个不允许试错、犯错、纠错的人是霸权主义者，对于企业而言，一个被霸权主导的机制将成为摧毁企业的终极破坏力。这次心理实验的成功铺就了章则上位的基石。但章则知道，这种实验不可能屡试不爽。真正的心理学是以能力作为支撑的，纵然再了解对手，假若不知如何应对，也是枉然。

上位以后的章则再也没有当众顶撞过韩国力，只是悄然无声、任劳任怨地以能力和业绩去践行自己的敬业与忠诚。他深知，完全靠揣度老板心思去开拓事业的人，最后一定"聪明反被聪明误"。章则凭借这种悟性，仅用了两年的时间就完成了由职员到总经理助理的华丽转身，并借此从心理上意外获取韩家上门女婿的本钱。这次前往机场迎接韩家千金，章则再次选择实践这种心理学观点。他从韩雯主动的问话中预感到这一实验又将成功。韩雯在车上挑战式地告知章则，当中新集团的总经理助理或许会很容易，但当她韩雯的助理难如登天，她问章则是否做过能力自测？章则没有直接回答，而是用英文说："所有的驾驶员都需要考证，但不是所有有证的人都能熟练驾驶，要成为一名游刃有余、驱车自如的驾驶员，必须熟悉车性。"韩雯不动声色地说道："你是在暗示，只要我给你接近的机会，你就可以掌握我？"章则回应道："再卓越的驾驶员，如果没有钥匙，也无法驾驶汽车，钥匙是发动汽车的唯一工具。我是司机，但我不是车主，钥匙只有车主才能掌握。"韩雯听着章则一语双关且不动声色的回答，暗自认可了眼前这个男人。再强大的女人，一旦开始认可一个男人，这个男人就有了保管钥匙的可能，韩雯也没能脱离这个规则。不到一年，韩雯就将打开自己情感大门的钥匙交给了彬彬有礼、温文尔雅、兢兢业业、温柔体贴的章则。虽然她在处理与章则的生活关系上还无法改变心理上的优势，但她最终接受了老爷子的预谋。那是 2008 年北京奥运会开幕式的当晚，韩雯与章则缔结连理，韩国力从此有了半个儿子。在众人艳羡的豪华婚礼上，韩国力宣布，中新集团的总经理由韩雯变成章则。韩老爷子在祝酒词中期待新婚宴尔的小夫妻为韩家族脉更续，勤劳耕耘。

婚礼之后，曲终人散。在一番"携手揽腕入罗帏，含羞带笑把灯吹。金针刺破桃花蕊，不敢高声暗皱眉"的意境之后，沉浸在喜悦里的韩雯突然向章则提出了一个问题：将来孩子出世后跟谁姓？章则不假思索地回答说："当然姓章啊！孩子随父亲姓氏，这是惯例。"韩雯则说："按老爷子的想法，韩家人丁兴旺，孩子应该姓韩啊！"在血脉接续这个严肃的问题上，章则的"贫民"思想完全显现了出来。他告诉韩雯，按照他们老家的传统，孩子必须随父姓，否则就是妄断香火，属于大逆不道，他希望韩雯在这一点上尊重作为丈夫的自己。尽管是花烛之夜，韩雯的韩家公主之势除在"金针刺桃"之际相对柔性外，其气场仍无所不在，她几乎以责怪和警告的口吻告诉章则，他现在的身份是韩家的招赘女婿，他本人都是韩家的，哪里还有老家的规矩？只有韩家的规矩。而且从爱情的角度来看，他应该在这个问题上尊重作为妻子的自己。

　　已经成为韩雯丈夫的章则，此时的男人脾气开始爆发，他没有研究过新婚之夜的心理学，在韩雯的语言刺激下，他记起《简爱》里的一段话："爱是一场博弈，必须保持永远与对手不分伯仲，才能长此以往地相依相惜。因为过强的对手让人疲惫，太弱的对手令人厌倦。"章则完全进入了自己的情绪心理，他不能表现得太弱，尤其是在这个原则问题上，否则今后的家庭气氛就会异常压抑。家庭不是企业，企业讲等级与秩序，而家庭则是讲平等。章则几乎愤然地告知韩雯，爱情是建立在平等和尊重上的，招赘不是卖身，自己应该有男人与丈夫的地位，韩雯也应该有公婆家的概念。习惯于章则温驯模式的韩雯在心理优势下也被激怒，她愤而起身，怒斥章则道："既然你不愿意接受上门女婿的定义，那就请你做出门女婿，等你想通了，再进门！"章则骨子里的雄性激素完全被韩雯飞扬跋扈的公主脾气激发，他穿好睡衣和拖鞋，拿起手机，夺门而去。

　　屋外的倾盆大雨完全无法浇灭章则浑身的怒火，一个被女人严重侮辱的男人在憋屈和自卑的刺激下，在街上狂奔。他看见一个酒吧的招牌，便萌生了强烈酗酒的欲望——他必须麻醉自己。

　　章则叫了一杯百威啤酒。这是他平生第一次饮酒。毕业时，他因为拒绝饮酒被同学误以为孤傲独立，其实他自己知道，这不是性情孤僻自傲，而是个人习惯，他不喜欢不能自控的人生。一个能将习惯持之以恒的人是有定性的，有定性的人才不会在偶然间铸成大错，这是他的人生信条。而此刻，他几乎是连干三瓶，他开始觉得血脉偾张。他几乎是夺过歌手的话筒，自顾自地将《我和你》《明天你是否依然爱我》等歌曲胡唱一气。服务生想阻拦他，担心他酒后惹事，但章则失态地冲服务生咆哮，说自己是中新集团的老板，如果惹事，他全盘承担所有后果，还说今晚所有人的单自己全部负责。章则让服务生不要打搅他的兴致！服务生半信半疑，歌手向服务生小声证实："这个人上过广告，的确是中新酒店的总经理。"

通过歌声发泄后的章则开始安静下来，有些踉跄地回到自己的座位，独自喝闷酒，直到一个女人进入酒吧，他才稍微缓解了一下痛苦。他虽然已经无法分辨女人唱的曲子，但女人的姿态引起了他的注意。直到女人没有埋单就径直离开，服务生要追赶女人，他拦住了服务生，说自己已经承诺，所有顾客的消费都记在自己账上，包括这个女人的。女人走后，章则的电话响起。章则醉醺醺地接通电话，电话里，他还能够听见韩雯盛气凌人的命令。韩雯警告："如果今夜不回家，就永远不要回了，明天就会送离婚律师函给你。"章则的男性自尊被酒精引爆，他边往外走边冲着电话喊："我告诉你，韩雯，别整得那么复杂，根本不需要律师函，明天我就净身出户！"服务生赶紧拿着笔和纸，并顺带拿了一把伞追到门口，让章则签字，之后贴心地给章则打开伞，把伞塞到章则的手上。章则签完字，一手打伞，一手打电话冲进雨里，继续吼叫着对韩雯说："一个没有男人尊严的婚姻去他的，我会用自己的能力证明我可以主宰自己的命运！"章则愤怒地将手机向前摔去。夜雨中，他依稀看见一个女人在前面晃动着，在酒精的作用下,他仿佛看见被雨水淋成近乎裸体的女人就是新房里的"韩雯"。他冲上去抱着"韩雯",打着哭腔告诉"韩雯",说他其实是爱她的,但他希望自己不是爱一个女皇,而是爱一个女人。"韩雯"回过头,与他热烈地互动拥吻。章则扔掉伞,在"韩雯"的激情回应下,再次进入"韩雯"的身体。在一半是雨水、一半是火焰的夜里,章则仿佛重新找回了征服"韩雯"的独属于男人的自信。

随着激情的外释,章则很快从酒精的幻觉中惊醒。他发现,被他征服的不是韩雯,而是刚才在酒吧里唱歌的"歌女"。章则惊恐万分,他迅速意识到,与酒醉后丧失自控意识的女人发生关系涉嫌犯罪。他慌乱地给女人整理衣服,并查看女人的状况,女人好像已经沉睡。他想送女人回去,但完全不知这个女人的底细,而且又深恐这一幕被人撞见,同时担心这个女人醒来后,自己会陷入麻烦之中。慌乱不堪的章则用伞尽可能地将女人的身体罩住,然后仓皇失措地逃离现场。在他最后一次回头看女人时,发现自己扔掉的手机就斜靠在现场的墙角,于是他迅速返回,拾起手机,迅速消失在街道的尽头。

章则并没有回家。这个决定不是因为和韩雯的热战尚未结束,而是他与自我的冷战。他躺在办公室的沙发上,完全丧失了从精神上战胜韩雯的心理优势,他开始鄙视自己的"准强奸犯"身份。在今夜之前,章则一直以"清教徒"自诩,但此刻他的道德标准彻底崩溃。他思绪凌乱,既担心那个女人是否活着,又恐惧清醒后的女人会报警;他还在考虑是否要主动解除和韩雯的婚姻，但已经完全清醒的他又对目前的爱情和生活充满了留恋；他想向韩雯坦白自己的罪行，但又担心自己真的会被扫地出门；他还想再去寻找那个被他体内的"雨水"污染的女人，寻求她的原谅，但又担心锒铛入狱，他完全不敢想象身陷囹圄的生活。他在恐惧和各类没有结论的幻想中辗转到天亮，最后被进入房间的韩雯惊醒。他看见此刻的韩雯，就好像突然看见昨晚的"韩雯"。他恐惧地站起来，然后又跪在韩雯面前，一个劲地向韩雯道歉，请求她的原谅，不要因为他的一时糊涂而不肯宽恕。其实此时的韩雯并不是来兴师问罪的，韩雯这种娇惯但知性的美女的性格也有双面属性：一面显示强势强悍，一面则内心软弱，同时还在骨子里有着与人为善、息事宁人的底性。章则愤然离家出走后，虽然她面子上仍然彪悍，但实际上也意识到了自己的错误，只是不愿意面上妥协罢了。章则甩掉电话，手机并未关机，在一个时段里，话筒里充满了风雨与其他声音的喧嚣，仿佛还听到怪异的声音，这让她忧心忡忡，开始挂念自己的丈夫。之后她开始不停歇地拨打章则的手机，她希望章则能够接。韩雯反复说服自己，一定要在打通电话后，向章则道歉。无论是从感情还是家族利益和集团荣誉，她都无法割舍这段婚姻。五年的留洋生活洗礼并未洗去她作为中国女人的传统文化，再具有价值的女人一旦有过破碎的婚史，就会成为打折的低值易耗品。更何况还有她那古板固执又耽于旧俗的老爹，更不会允许她如此轻率地草草结束由他一手策划导演的婚姻，这关系到韩家未来事业的传袭。更要命的是，她亲手粉碎感情的理由竟然是还没影儿的孩子的姓氏归属。赶走章则后她一直在反省，为什么受过西式文化教育的自己还会在姓氏上纠缠？孩子只要有血缘联系就是亲人，姓甚名谁完全无关紧要，她却在这个细枝末节上表现出了女皇的威仪与霸道，这完全是她的过错。想了很多台词的韩雯，最终没有打通章则的电话。

一大早，韩雯就抱着试试运气的想法来到章则的办公室，却撞见跪地求饶的章则。韩雯并不知道章则昨晚的罪孽，她还以为章则是在为昨夜里出走向她致歉。她感动又难过，因为自己的错误和专横，竟然让新婚的男人如此委屈狼狈。韩雯的眼泪夺眶而出，她向章则发誓，昨晚的一切全部翻篇，她从此会做一个小鸟依人的妻子。韩雯因误会脱口而出的话，反倒让章则颓丧痛苦的心境得到缓解。的确应该翻篇，如果今后的生活都被这种痛不欲生的情绪主导，无异于自杀。章则决定瞒下昨晚的秘密，他暗示自己，那只是一次醉生梦死的无心之过。一个人不应该让无意间犯下的过错去捆绑自己。章则想到这里，重新站起身，紧紧拥抱韩雯。

他们以后的生活，再也没有发生因为孩子姓氏而出现的矛盾。这倒不是因为两人之间心照不宣的妥协，也不是两人选择了丁克模式，而是两人没有孩子。章则与韩雯，两种不同文化体系培养出来的知识分子在这个讳莫如深的话题上都保持着君子之风，都没有去怀疑对方，也没有通过医学检验证明，更没有弄什么偏方去弥补这种憾事。他们相敬相守、相濡以沫，用最和谐的方式维护着这个小家的运转，拒绝以任何不经意的方式触碰对方的自尊或隐私。但这种和谐让韩国力不安不甘，他多次委婉询问并讲述了当下很多试管婴儿技术和医学原理，但都被两人避开。小夫妻的默契令韩国力无可奈何，只能让章则这个"半儿"成为"一个儿"。几年后，韩国力按照"儿子"的规划制定了完整的接班程序，而韩雯则越发相夫助业。这种家庭生态的和谐让章则越来越忠诚，但他心里的结永远无法解开，那是他对韩家唯一的不忠。他虽然迫使自己安于这种和谐，但那个雨夜永远折磨着他。他为了疗伤，对韩雯说自己要盘下酒店不远处的那个小酒吧。韩雯从不过问章则的决定，这倒不是因为新婚之夜的变故，而是他们夫妻的另一个结：不孕！虽然两人从不碰触这个隐隐作痛的结，但韩雯内心仍充满了亏欠。她明白二人都渴望缔结生命与爱情的圣果，虽然他们因为知识分子的矜持与互重而不去解开症结的谜底，但无法延续血脉，韩雯始终觉得是自己的问题，一个无法孕育生命的女人无论是对于自己还是男人都是负重，这是压抑韩雯的重荷。所以她尽最大的能力维护两人之间的和谐，让章则能在最大的空间中保持愉悦。对于这个酒吧，韩雯没发表任何意见，但女人的直觉让她判断，这个酒吧一定藏有章则的秘密。她其实很想探究，但她从来没去，只是让韩永春去陪护章则。

盘下酒吧的章则，经常把这个不算大却满是故事的酒吧当作减压的唯一场所。每一次他都幻想能在这重见那夜的"歌女"，他要鼓足所有的勇气赎罪。遗憾的是，一直都没有实现。然而此刻，这个"歌女"却意外地出现了。以这种特殊方式出现的"歌女"让他再次魂不守舍，十几年来暗自鼓足的勇气，一下全部泄气，他反复思忖，一个因被强奸而生下孩子的女人会给自己赎罪的机会吗？自己能以什么形式站出来赎罪？韩雯会给他站出来赎罪的机会吗？自己有庞大的勇气去接受可能身败名裂的惩罚吗？被处罚的仅仅自己一个人吗？中新集团是否会被巨大的负面舆情摧毁？如果此时真的站出来，那个女人真的会言而有信吗？章则陷入无法自拔的挣扎之中。他此刻深刻地感受到了一个人如果有了无法对他人言叙的苦恼，是何等愁煞？他想起自己曾经在事发当夜信笔涂鸦写的一首诗歌：

耳鬓厮磨无数

敌不过一场情劫

爱情原为一场宿醉

杯中却无酒

吞下满盏泪

三生血盟化为风干的玫瑰

生命无罪

纵有千层错

救赎续轮回

莫堪前路乱云飞

今生甚或被粉碎

需释放囚禁的灵魂

换回一夜安睡

悔但不毁

　　他后悔，为什么当晚不据实坦白，甚至自首。他甚至想找到互联网上的电子牧师去忏悔、去求解。等他搜索到网站后又满腹踌躇，互联网世界真有可靠的地方吗？他觉得自己要去参加基督教，找一个真教堂，找一个真牧师。他迅速站起身准备去黄狮路的那个教堂，可转念一想，那个牧师不是之前电影里面的那种模样，一个没有牧师模样的牧师可靠吗？他又颓丧地坐下来，自觉已经进入了万劫不复的地狱！突然，他想到一个纾难的方式：此人未必就是当晚的那位"歌女"，或许只是貌似？如果是这样，那自己岂不是虚惊一场？他决定验证一下"歌女"事件的背景和真假！他快速起身，打算找一个公用电话亭给主持人打电话。他不能用自己的手机，也不能像之前那样随便买一张卡插进手机，实名制已经堵住了使用手机者的所有阴暗之处。

　　章则在酒店周边四处寻找公用电话，居然遍寻无门。在一个被手机控制充斥的城市，如今上哪去寻找公用电话的影子？步行而疲惫的章则开始暗自埋怨过于智能虽然便民，但同时也消灭了一部分应该存在的少数，社会服务功能应该无死角覆盖每一个人。他想找一个报亭，看看有无兼营电话和充卡业务，最后发现所有的报亭都已经被拆除了，他越来越沮丧性地抱怨那些拆除报亭的人，一个售卖图书报纸兼营点谋生业务的报亭与这些市容有何"风马牛"的牵强？每一个报亭哪怕只卖一本书或一张报纸都可以满足购买者的局部精神需求，城市文明可以阻止落后的设施，但绝不可以消灭文化供应设施，即使有些落后，也不能消灭。一个城市不能刻意装扮表面上的宏伟，而应修缮城市骨子里的每一处品质。他由心中的感慨想到了自己，表面上衣着光鲜，内心却到处都是斑点，这种"驴子拉屎—外面光"的人，绝对不是好人。胡思乱想的章则突然发现不远处有个邮局，他寄希望于能在这个唯一没有被互联网淘汰的远程服务文化场所里找到他所需要的公用电话。

在医院里照看刘煜的刘敏捷戴着耳机全程收看了魏雅思主持的直播。刘煜向刘敏捷要自己的手机刷视频，但刘敏捷担心刘煜刷到直播视频，引发联想，便以影响治疗为由委婉拒绝了。刘煜此刻完全没有了昔日的任性，她看见刘敏捷脸色不好，懂事地以小棉袄的口气询问老爸是不是昨晚加班劳累，要不要躺在床那头休息一会儿？她自己现在已经精神头十足，如果点滴结束，床头有自动呼唤铃，她会叫医生护士。刘敏捷一脸爱怜地抚摸刘煜的额头，他刚才收看直播时的各种烦躁、仇恨，还有无地自容以及马上要拆散这个家庭的冲动，瞬间被这种抚摸带来的亲情抚平。他对刘煜说自己要去打个电话。

刘敏捷的电话是打给江纾媛的，他的心情开始有点平和，他要告诉她，他决定和她一起共同完成拯救刘煜的使命，刘煜就是他的女儿！作出这个决定后的刘敏捷开始有点同情江纾媛，也有点自责，那一夜他是有过错的，男人和女人一旦因为爱情结合，再去纠缠处女的话题，的确既无聊又自私。

因为自己的无聊和自私给江纾媛带来这么大一场浩劫，如果再去往伤口上撒盐，那就太无耻了。何况无论是基于现实还是出于亲情，他已经不可能割舍这段父女关系。江纾媛并没有接电话，于是他又转头拨打魏雅思的号码，魏雅思的号码一直占线。此时的魏雅思正在接听一个座机电话，江纾媛则在旁听。刚才做直播，江纾媛的手机一直静音，再加上她正在全神贯注地听魏雅思的电话，所以没有察觉到刘敏捷的来电。免提电话中是一个男人在询问魏雅思有关江纾媛的血型数据，魏雅思耐心细致地作答，并建议男人找一个可以接收完整检验报告的方式，她说她可以理解他的心情，还告诉电话里头的男人，她可以告知自己的邮箱密码，对方只要随便找一个网吧电脑登录，就不会留下任何痕迹。她再三告知对方，当事人已经承诺绝不追究，一旦对方确认血型相吻合，恳请他以最快的速度给这个孩子输血，进行骨髓移植，孩子的病情刻不容缓。电话里头的男人让魏雅思把邮箱和密码告诉他，然后承诺会随时与她联系，然后挂掉电话。魏雅思放下电话，兴奋地对江纾媛说："亲爱的，成功了，这个人一定就是那个强奸犯。孩子有救了！"江纾媛此刻倒显得冷静："这也未必，即使此人真是我们要找的那个人，他核对完血型数据后，还是可以选择沉默隐藏。可以看得出，他很小心，而且听口气也很害怕、犹豫。对了，魏雅思，以后就别使用'强奸犯'这个词了，我们做过承诺，不追究的。"魏雅思说："好，删除这个词。不过，我有预感，一定就是他，没有这么巧合的询问，还如此精心策划。我敢断言，这个电话一定是公用电话。""怎么可能？

满大街都找不到公用电话。"魏雅思没有理会，用手机回拨，但已经没有人接听。魏雅思不死心，继续拨打，终于有人接听，但是一个外乡人的口音，显然不是刚才打电话的那个男人。魏雅思问对方是谁，对方回答说这是邮局的公用电话，然后挂掉了。魏雅思再次兴奋地对江纾媛说："怎么样？我的判断没错吧。我还判断他很快会用网吧的电脑登录我的邮箱，等会儿我去查一下。""其实没有必要，如果这个人还有良心，他有可能来，我们在这证实来证实去，完全没有必要。""我就好奇，而且我想证明我的推理。这个人很有学问，还有点儿地位。我在想，他绝对是最后一个向我们打电话的人。""我现在啥也不想，就想这个人立刻出现在医院。""是啊，他怎么来呢？他这么小心翼翼怕露了底，不怕到医院被发现吗？他会以什么方式来呢？我估计他现在正在琢磨如何找到一个两全其美的方式，既可以输血、移植骨髓，又能避免暴露身份！""我们应该和姚娇大夫商议一下，该如何解除他的戒备心理。我们也没有必要知道他是谁，知道是谁还是个麻烦事，对他对我都麻烦。这个家伙，我绝对不想和他照面！""我们的确应该商量一下，他下次再联系时，我就可以告诉他足以让他放心的方式。"

江纾媛想到了在医院照看刘煜的刘敏捷，于是她赶紧取出手机，结果发现刘敏捷打了很多个电话。她的心开始"咯噔"，难道刘煜有什么麻烦？她赶紧回电话。电话里的刘敏捷很平静地对江纾媛说，他全程看了直播，他想知道，有没有人联系她与魏雅思？江纾媛在决定直播前就已经做好彻底与刘敏捷分手的打算，她太了解刘敏捷的个性，这个过程，这个做法，他强大的自尊心是承受不住的。但此刻从刘敏捷的话和语气上，江纾媛仿佛看到了希望。刘敏捷压根没有表现出暴怒，还充满了对孩子的关爱。江纾媛开始觉得，刘煜就是弥合这个家庭完整的关键。两道希望的曙光顿时出现在江纾媛的眼里。

回到办公室的章则开始准备行动。他看完魏雅思邮箱里的覆盖了有关刘煜、江纾媛、刘敏捷名字的血液检验数据，然后找出自己婚前的检测报告进行比对，发现自己的确与刘煜完全吻合。然后他又在网上查找相关医学知识，他确定，自己就是那个作孽者，孩子的亲生父亲！他决定挺身而出。无论是从赎罪心理，还是以一个"非法"父亲的身份，他都应该站出来。但章则知道，他现在不是一个人，这不仅是他个人的事，他必须向韩家和盘托出，征求韩家，尤其是韩雯的同意。他不能伤害了一个女人后，又去伤害另一个女人。他已经不在乎自己未来所面临的所有惩罚和结果，但还是担心这会给韩雯带来不可承受的打击。他给韩雯打了个电话，试探性地问韩雯在干什么。韩雯告诉他，她正准备和老爹出去旅游，这几年憋得太苦，要出去看看外面世界是什么样的，顺便也考察一下同行的发展状况。章则问韩雯什么时候走，韩雯回答说正在帮老爹整理行李，晚上的飞机。章则赶紧让韩雯先等他回来，并且还没等韩雯答应就挂了电话。他担心一旦韩雯离开，自己就无法得到韩家的意见。这件事对于韩家来说可是天大的事，绝对不能久拖，更何况孩子还急等着救命。

　　章则给总务打电话，让后勤安排司机，后勤不知所以，回复章则："您不是有专职司机吗？如果换人，可能会存在对车型不熟悉，还有驾驶安全的问题。如果您坚持要换，我可以临时给您安排。"这个时候，章则突然意识到，韩永春离职的通知还没有下达到公司人事。他这时才感觉到韩永春虽然讨厌，但从得心应手的角度来看，当司机还是很贴心安全的，还可以帮忙处理一点司机工作以外的个人的事。但这件事无论如何不能让这家伙知道，更不能让他参与。章则突然联想到，这个世界上真的有很多人和他的雇主之间就是这种关系——太贴心的大多是无能的，有能力的则有太多野心。章则告知后勤，先临时换一个。

　　章则进入汽车，发现司机还是韩永春。韩永春看见章则莫名惊诧的样子，笑着对章则说："堂姐的意思还是让我继续为您服务，别人开车不安全。"此时章则才突然意识到，在中新集团，只要涉及一些核心的内容，永远还是韩家人说了算。其实韩永春的出现正好弥合了章则几分钟前有点盼望韩永春出现的想法，但本身有点心烦意乱的章则想到连这样的事自己都无法做主，又变得有些愤愤不平。他怒斥韩永春并警告说："韩家如果插手中新的大小事务，完全视我为无物，我就辞了这傀儡总经理。"韩永春赶紧赔着笑脸告诉章则，他留在这儿，不是其他人的决定，完全是他自己的意思，压根不是堂姐的意思，因为他想帮章则。章则冷嘲韩永春："你不挖坑就阿弥陀佛，还奢谈帮忙！"章则刚说完，突然意识到韩永春言语间藏着玄机，心里顿时打了一个寒噤，于是改变口气，问韩永春他能帮上什么忙？我章则有什么事还需要用得上你的？韩永春皮笑肉不笑道："那就只怪我自作多情了，我今天看完一场直播，隐约感觉那个女人说的酒吧好像就是咱们家的那个。所以我琢磨着，如果是，那看看我能否帮忙？如果能帮上忙，这样堂姐夫以后也可以拉我一把！"韩永春的话让章则不寒而栗，他觉得韩永春这小子要么是大智若愚，要么是故意装傻！酒吧的秘密除了自己和那个女人，恐怕只有天知地知了。而此人居然可以从一场直播对此产生联想，而且绝不是胡思乱想，实在太可怕了！更可怕的是，他是否将此事告知过韩雯？如果告知，而韩雯却选择在此时离开，这背后又寓意着韩家的什么决定？是不是韩雯已经对他失望，所以故意去冷静冷静？或者故意避开，表明不参与决定如何处理这件事情，这样他就会因为忌惮韩家不敢贸然自作主张？或者是因为他们预感到此事会严重伤害韩家和中新集团，一旦介入会很尴尬，故而回避？章则很想提前从韩永春这里探知究竟，但个人矜持的性格又让自己不能直截了当地发出询问，不过一旦这家伙是想凭这些猜测拿捏自己，而自己又因不够镇定而失去分寸，泄露太多内幕，今后就会非常被动。

章则控制自己像兔子一样乱撞的心，他决定要在和韩雯摊牌以后再决定如何应对韩家人。但对韩永春的话，他必须作出回应，绝不能在此之前让任何人以任何方式参与其中，包括这种猜想的方式，避免其左右自己的情绪。但章则毕竟心虚，他换了另一种模棱两可但很平静的口吻告知韩永春："凡事不可以太敏感，更不要过度关联。不过你这种处处为中新集团主动考虑的意识还是可取的，也提醒了我，万一真与我们店有关，的确应该未雨绸缪。就像你肇事逃逸一样，后手棋总是被动。开车吧。"

韩永春一面开车一面说："感谢章总给我继续效力的机会。我韩永春因为一个车祸而消耗了中新集团一百万，我一定将功补过，随时待命，为章总分忧。"章则突然意识到韩永春刚刚被交警处理过，于是对开车的韩永春说："对了，你的驾照不是吊扣了吗？你怎么能开车？赶紧停车。""不是全部和解了吗？报案也撤了，给记了十一分，今后我开车小心点。您放心，您教育我的话我记忆犹新，任何人都不可以对自己的错误心存侥幸，尤其是犯法的行为，一定要勇敢面对，认错认罚，吸取教训，绝不再犯。"韩永春说这话的样子非常诚恳，那些话也的确是章则说的，但此时此刻章则听来，就好像是韩永春在故意调侃自己，在心理上感觉被教训的章则觉得不爽，但这也再次让他重新坚定了自己的决定。

魏雅思在医院里查看了自己手机的邮箱登录记录。江纾媛一家三口在病房聊天的时候，她给宋清平打了电话，告知今天的经过，让宋清平安排律师事务所的技术人员帮忙查一下，自己邮箱里最后一次登录的 IP 地址是不是某个网吧。宋清平一面感慨自己这种异想天开的设计居然还真让真相冒出了泡泡，一面是直觉告诉他，对方并不容易搞定。他告诉魏雅思，他的律师直觉告诉他，如果那个男人真的如此周密谨慎，最终可能不会出现。因为他一旦站出来，就等于在法律上承认了自己的强奸行为，这对他而言是有巨大风险的。虽然江纾媛承诺过不追究，但强奸是恶性案件，当事人承诺不起诉不等于法律的绝对赦免，既然他如此严谨，就一定会考虑万一当事人改变主意，他这就等于投案自首。宋清平还说他查了一下，从江纾媛叙述的案发时间到现在，已经是十五年差七天，也就是说，再过七天就满十五年了，这起强奸罪就过了追诉时效期。以这个男人的智商，他很可能会知道这项法律规定，假使我们以最善的人性设想这个男人，他即使决定站出来，也会考虑在七天以后。可问题是，刘煜的病情等不到七天啊！所以，宋清平建议魏雅思不要太乐观。宋清平的话给魏雅思浇了一盆冷水，她说："我们在直播里已经说了，孩子必须在明天前接受骨髓移植，还要保持足量的输血。如果这家伙真有人性，就应该考虑这个事实。"宋清平说："人性是多维的，有利他性，但更多的还是利己，尤其是这种面临巨大危机，同时又有选择避险的可能性，人性一定会驱动利己的一面。这个，我可以和你打个赌。"魏雅思说："这个我不赌。"魏雅思坚信，这个男人会出来，而且她现在就准备和姚娇商议，选择怎样一种方式，能够在大家不知道这个男人是谁的前提下顺利完成骨髓移植。宋清平告知魏雅思："这完全是胡想，医生的职业道德不会让姚娇参与你们这种游戏。即使参与了，一旦受害者发起起诉，完全有权利要求医院出具证明。即使姚娇不知道这项法律规定，我们也必须告诉她，不能让行善之人面临风险。"魏雅思则说："江纾媛的人品我最了解，她一定会言出必行。如果是这样的话，那个男人怎么可能有风险？"宋清平则说："那个男人不了解江纾媛的为人品行啊！在这个时代，食言而肥的人比比皆是。所以他无法做出这个精准保险的判断。而且就算江纾媛不起诉，如果刘敏捷逼着她去起诉呢？作为男人，这可是奇耻大辱！江纾媛能顶得住刘敏捷的压力吗？刘敏捷能大度到这种境界吗？"魏雅思笑着说："这次你可走眼了，我告诉你宋清平，刘敏捷在关键时刻还真是个爷们儿，因为女儿，他选择完全支持江纾媛的决定。我现在就赌那个男人，就赌这个世界上有人有勇气以人性实现自我救赎。""祝你好运，赌赢这个局。我助你一臂之力，去帮你查那个 IP 地址。"

打完电话的魏雅思在门口遇到姚娇和几个大夫正要去病房，魏雅思拦住姚娇，在一旁悄悄和姚娇商议，可以以什么方式为那个男人保密。姚娇说："从献血者隐私保密角度可以尝试，但这架不住当事人的权益啊！果真如你所言，刘敏捷事后以患者监护人的身份坚持查找献血者的真实信息，医院是无法拒绝的。这事最大的保险就是双方的绝对谅解。作为医护人员，我本只应以单纯的救死扶伤为上，不应该搅和其中；但站在救护这个可爱的孩子的立场来看，我会尽可能搁置一些非原则和底线的坚持，配合你们，同时可以帮忙出面聊聊。"姚娇的回答让魏雅思在惊喜中平添了些许担忧。她想起刚才宋清平的话，这个男人是个高智商且极其谨慎的人，如果他的畏惧战胜了良知，那所有的希望都没了！

魏雅思在外面打电话并与姚娇交谈的当口儿，江纾媛一面与刘煜聊天，一面与刘敏捷、刘煜将手握在一起，三个人完全处于不同的感受。刘煜只是感受到了父母的爱，丝毫不知道这种爱实际上面临的危机及其中的隐情；

江纾媛此时非常感谢面前这个男人，在她最需要支持、最害怕失去、最感觉无助时，这个男人面对如此重大的情感挫折居然不离不弃；而刘敏捷的内心实际上是非常复杂的，既有挣扎后的妥协，又有因十五年前冲动而导致错误的亏欠，也有自我承受的心理痛苦。他完全无法判断自己现在的状态究竟是可怜、可敬，还是可喜、可悲。姚娇进入房间，查看了监测仪器上的数据，然后再比对手中的报告单，神色有点紧张。她与旁边的医生护士在窗户那一头小声交流后，将刘敏捷、江纾媛和跟进来的魏雅思重新拉到病房外。姚娇告知三人，刘煜现在的状态非常不好，由于体内缺血无法补足，很快就会出现并发症，随时都有生命危险。如果在明天十二点以前解决不了匹配的血型和骨髓，结果会令人沮丧。三人听完，陷入了沮丧。刘敏捷急切地问魏雅思，寻人有无结果？魏雅思只能安慰，有点眉目，但只能等。现在还要做直播，要把当下的数据和风险告知对方，这是唯一能主动促成那个男人出现的方式。江纾媛说："那还待在这干什么，快，快啊！"

救赎之旅 **伍**

如果抛弃人的基本共性而过于专注个体的个性，那就是没有善性的利己。

　　章则回到家中，韩雯的行李都已收拾妥当，韩国力还在从高尔夫球场回来的途中。韩雯问章则究竟因为什么事要赶回来，章则从韩雯的表情里完全看不出这是故作平静，这倒让他不知道如何开口。于是他只好顾左右而言他，说她和父亲出去很突然，自己事前并不知道，是不是之前在中新集团的这次会上的发言有意见，所以才故意出去。如果真是这样，自己必须当面听到老爷子的耳提面命，否则会不安。韩雯觉得很搞笑，说章则此时的想法有点像犯错的学生，不知道家长会怎么责怪自己，所以故意来探究底细。韩雯说："老爷子的性格就像钢管，硬且直，绝对不是那种三节棍，软软的释放力量。你在韩家这么多年，怎么会这样理解老爷子？而且老爷子已经有言在先，一个人无论在哪，都应该学会急流勇退，绝不贪恋权位。既然选择了放权，就应该让新的继任者完全自立，他卸任以后，中新集团无论对错，一概不发表指示。企业和人一样，都应该有自我纠错机制，如此才会越发成熟。老爷子既不会以这种方式表达不满，更不会垂帘听政。我们父女俩准备回老家一带串亲访友，并附带研判以后的旅游及经济走势，老爷子以后的任务仅仅是提供一些外围的经济信息供中新集团参考。"章则通过韩雯的侃侃而谈，发现其心情极好，心里有点自嘲刚才的胡思乱想，自己完全是以小人之心度君子之腹。经过一番激烈斗争后，章则决定借着韩雯刚才的关于纠错的话题坦诚相告："你刚才说的纠错机制，如果是个人呢，可否允许纠错？"悟性极强的韩雯立刻感知了章则的弦外之音，笑着回应道："这样看来，我刚才说的学生犯错的场景真的在你这儿出现了？""你还没有回答我刚才的提问呢！""无论是国家之于个人，还是个人之于个人或是家庭之间，错已铸成，都有相应的纠错方式，不存在是不是允许。你就别在这拐弯抹角，直接说！"章则打开手机的电视台直播，手机里江纾媛正在声泪俱下地请求："孩子随时有可能终结生命，求你了，站出来吧！这已经不是赎罪的问题，是救命啊，无论她是谁的孩子，都是一个鲜活的生命。"章则关闭屏幕，问韩雯道："看过这个直播吗？"韩雯脸上肌肉有点抽搐，看得出，她已经预感到章则与此事的关联。这个直播最初她也看过，当时只是感觉这与章则经常去的那个酒吧有隐约的关系，但她不敢也不愿意去想这件事会与自己的男人有关联。现在章则已经明显地说出个人纠错的问题，她已经形成了判断。她痛苦，但并没有发作，她问："你准备去救这个孩子了？"章则不敢正视韩雯的眼睛，缓缓走到门口，关掉房门说："当年犯错是我个人的事，但现在纠错不是我个人的事，这场十五年前的错误延至今天，造成的后果和有可能面临的巨大惩罚会祸及你，损害整个家庭和企业，我得听听你和老爷子的意见。"韩雯此时已经不再肌肉抽搐，对章则说："你看着我的眼睛回答，你是不是已经决定要站出去，现在只是通知我，虚伪地表示你还尊重我？"章则此时已经没有畏惧，他回答："真心实意，我想去，但必须征求你的意见。"韩雯开始一边来回踱步，一边说道："自从十五年前那段争吵后，你我之间就没有拌过嘴，你应该可以判断，我韩雯在这十五年来改掉了身上很多问题，我一直不承认这是错误，人的惯性和错误是不同的，惯性是人性，错误是品性，我之所以改，是因为我觉得家庭就是一个不断彼此适应并形成一种新的生活秩序的集体，这样才能和谐。所以我再也没有表现出专横跋扈、盛气凌人、独断专行，我学会了大度、宽容、忍受，但这不意味着我彻底失去自己的个性，可以容忍所有！你的肉体背叛已经完全超出了我的容忍范畴，无论这种背叛是在什么样的场景下发生的，所以，这已经不是我是否同意你站出来去救这个孩子的问题，这本身也让我两难，我不想陷入这种道德错误的旋涡之中。我现在能够表达的意思就是，无论你作出什么抉择，都应该建立在不再伤及对方和有恩于你的韩家的基础上。我们都是受过高等教育的人，你应该明白我的话。"听完韩雯一段疾风暴雨般的怒吼，章则的头脑一下蒙了——没想到韩雯又回到了十五年前那个公主的模样，他之前设定的最后决裂的场景居然如此快地提前出现，完全没有转圜余地。这对他而言，已经不是道德抉择的问题，甚至没有抉择的空间，这就是接受对方下的最后通牒。

　　章则对韩雯的无情有点绝望，但很快就冷静下来。韩雯本身没错，所有的错都是他咎由自取，现在唯一的解决方案就是为中新集团及时止损，让章则迅速辞去中新集团的全部职务，包括上门女婿的职务，然后去为自己的错误埋单，实现良心的救赎，何况这个结果也在他事先设定的几个场景里。冷静下来的章则对韩雯说："虽然我对曾经的感情和生活有点难以割舍，但这是注定的纠错方式之一，我必须这样做。我决定净身出户，我们现在要做的第一件事是终止法定婚姻关系。"章则此时的变化让韩雯有点意外，她说完那段狂暴的话后想到章则会请求原谅，她会予以谴责，绝不容忍，她要完全表达自己心底被伤害的愤怒。结果章则完全没有按照套路来，虽然她有点失落，但此刻她心意已决！韩雯从自己的行李箱外层取出身份证，然后又拿出手机迅速草拟了一份离婚声明。她觉得自己的决定十分正确，她现在不仅要表达愤怒，还要在有可能爆发的舆情风暴之前迅速为集团止损。韩家可以没有女婿，但中新集团必须存在！

韩雯给韩永春打了个电话，让他到门口等她和章则。结果韩永春告诉她，他正在接老爷子回来的路上。韩雯原本是要韩永春去网上发布离婚声明，这种事不能让外人办理，必须在他们走出民政局大门之后，踩着时间点发布。没想到韩永春去接老爷子了，这本不是他的工作，她又不好在老爷子在车上时对韩永春发作，这件事也不能让老爷子知道。老爷子对这个上门女婿一直厚爱有加，万一他在他们离婚且已经发布声明前知道此事，一定会予以阻止。于是她只能和章则开车直奔民政局。两人一路相顾无言，韩雯不停操作手机，她安排闺密办理发布声明的事。闺密在手机上接到指令，大为惊讶，不断询问何至于此，并劝说现在都在实行婚姻冷静期，民政局也会要求他们这样做的。韩雯在手机里回告闺密，这是他们共同的决定。民政局无法阻挡，婚姻自由，这是法律。

韩雯与章则万万没料到，他们会在民政局大堂看见韩国力与韩永春。韩国力虎着老脸对两人发飙道："我说过不过问中新集团的任何事情，但现在是韩家的事情，这轮不到你们做主。回家再议。"韩永春跟着韩国力、韩雯、章则一起进入房间。章则提醒韩永春，他们要商量点重要事情，让韩永春回避一下。韩永春刚要离开，韩国力对章则说道："你干的这种糗事还怕人知道？他早就知道了，如果不是他告诉我，我还被你们蒙在鼓里。"章则完全不理解韩永春是怎么知道这件事的，也不知道韩永春为什么还要去报告老爷子。疑惑归疑惑，但他此刻开始对韩永春心存感激，老爷子的出现让他心存幻想：老爷子阻挠离婚，至少还有可能保持家庭的完整。只要家庭还在，一切都有可能修复，破裂的婚姻有时就是破败的人生的开始。他觉得之前对韩永春的表面和心理态度，实在是对韩永春不公，将来如果还有机会，他一定要表达这种谢意。这让韩雯也恍然大悟，原来向韩国力告密的是韩永春，她这才明白韩永春为什么会去接老爷子。她判定刚才在大门口，韩永春偷听到了她与章则在房间里的大声争吵，然后背着她去告诉韩国力。韩雯现在突然有点感谢韩永春这个看似憨头憨脑的远房堂弟，在坐车回来的路上，她恢复了冷静，看来她闺密说的冷静期还真管用。她在进门之前一直在想，面对老爷子有可能的阻挠，她该如何劝说。但无论怎么想，她都断定老爷子不会听从。同时她还在想，是不是还有更好的办法去处理这件事？她在极度愤怒的状态下做出的决定会不会不是最优的？韩雯想起莎士比亚的那句话——愤怒会蒙蔽人的智慧。

韩永春为韩国力端上茶，让老爷子顺顺气。韩国力悠悠地品了一口茶，然后放下茶杯对韩雯说："你先和我到里屋去一趟。"

客厅里，章则亲自为韩永春沏上茶水，这让韩永春受宠若惊。韩永春笑着说："谢谢章总，希望我以后还有机会为您沏茶。"章总拍了拍韩永春的肩膀，试探着说："有时候隔墙有耳未必都是坏事？"韩永春"呵呵"干笑。

里屋中，韩国力直奔主题，对韩雯说："我不希望用家长的权威干涉你们的生活，当年虽然是我为你们牵线，但我没有决定结局，一切都是你们自己的选择。每个人都拥有对自己婚姻和幸福的处置权，但任性是对自己和他人的不负责任。作为长辈，我必须尽到提醒的义务。我不关心整个过程和缘由，如果触犯法律，就由法律惩处，任何人都不要用金钱强制干预法律。如果仅仅只是道德行为的过错，就要酌情观察，看看是否无可救药，或者屡教不改。如果只是偶然之过，要允许反省、悔过、自救、担责。"韩雯则不太赞成韩国力的话，她说："父亲，您是男人，我虽然是您女儿，但我也是别人的妻子，我没有老爹您这般境界，我作为妻子的底线就是拒绝丈夫的背叛！男人对女人不忠，这就是品德问题，这种不忠诚的品德会从家庭扩展到事业。因此，无论是我自己还是中新集团，抑或是韩家，都无法容忍这种背叛！"

韩国力一改过去说一不二的气势，耐心说："那我就从品德的角度分析一下章则，他现在可以说拥有这个城市最理想的人生状态。按照韩永春描述的情况，章则面对这起事件，他完全可以判断，如果他站出来并承认这就是他所为，他就会陷入绝境，失去所有理想的生活，并可能面临牢狱之灾。以人性趋利避害的本能，他完全可以默不作声，当这事完全与己无关。除了他自己，这事有谁能知道，谁又能奈何？他完全可以让那个生命消失。但他选择站出来拯救一条命，为救这条命，他亲手将自己推入坟墓。试问，这个世界上有多少人能有这种自掘坟墓的勇气？这种勇气难道不是基于诚实的品质吗？一个敢于将自己置于死地，而去实现道德救赎并勇于纠错的人，你觉得他没有勇气改变自己偶然的过错吗？人的一次过错就真的是永远的品德污点吗？女儿、妻子，无论你是什么角色，首先都必须具备人的基本共性，即建立在宽容下的利己、给予他人机会的善性。如果抛弃人的基本共性而过于专注个性，那就是没有善性的利己！一个没有善性的利己行为既不是中新集团的企业文化，也不是韩家的家教，更不是这个社会的行为规范。你还可以再设身处地地去想想，章则的错误真的与你无关吗？或者说他一无是处，是个道德惯犯？老爹所有能想到的都说了，我也不再和你争论，不帮你做决定，也不会提供什么方式帮你们解套。不过有一点，我的行程不变，但你要变，你得留下来处理这场危机。"韩国力说完便推门出去了。

在大厅的章则见只有韩国力一人出来，不知所措，但又不敢询问。韩国力也没再理会章则，继续向大门外走去，但到门口时，回过头，对章则说道："敢于自我救赎的人是有救的！"说完，韩国力消失在了夜色中。

留在里屋的韩雯突然接到闺密的电话。闺密询问韩雯："为什么离婚手续要办这么长时间？是发生什么意外事件了吗？""先按暂停键吧！"韩雯说道，然后向大厅走去。

　　大厅里的章则在思考韩国力的话，他隐约觉得老爷子在暗示自己坚持。但韩雯出来时，他还是因为心虚而感到手足无措。韩雯面无表情地坐在桌边，端上韩国力刚才的茶杯喝茶。茫然的章则也不敢问韩雯接下来的戏怎么演下去，他在等着韩雯的宣判。其实韩雯此时已经完全消化了老爷子的说辞，恢复冷静的韩雯又变得充满智慧，她喝茶时只是在借机考虑如何遣词造句。一直在一旁的韩永春试图解开这种尴尬的气氛，他小声问韩雯："老爷子是不是做了决定？"韩雯终于顺着韩永春的话发声："老爷子说了，他不会决定什么，但我决定换一种方式化解这场危机。"章则听完韩雯的话，如释重负。他知道，韩雯放弃了离婚的想法。对于章则而言，离婚是第二种酷刑，被捕入狱是最严酷的极刑——至少现在解除了一种。

　　韩雯放下茶杯接着说："孩子要救，企业的危机也要解，章总个人的危机也要处理。这是我的原则。"韩永春说："既然定了原则，那我就说点馊主意。能不能偷偷地献血、捐献骨髓呢？"章则说："这主意当然好，可完全不实际，我不可能不接触那孩子。还有医生，怎么可能配合？"韩雯想了想，说道："这还真不是馊主意。韩永春，你按照那个主持人的电话，去问问是哪家医院，医生是谁。按照她们的说法，她们现在急着要寻人，肯定会配合的。"

　　一直在医院陪伴江纾媛的魏雅思虽然在不断安慰江纾媛，但也很焦急。两场直播结束后，除了那个男人的一通电话，现在依旧没有任何利好的消息。网上虽然形成了热点话题，可完全没有达到效果。这的确是只有天知地知的秘密，再大的网络风暴，也很难揭开尘封十五年的秘密。宋清平给魏雅思打电话，告知她确实有人在天涯咖啡吧登录了她的邮箱，但这现在未必是什么好消息。这只能证明那个男人的心智成熟，宋清平判断，即使对方出现，也一定会在第六天以后。魏雅思说："如果是六天后，已经无济于事了，除非会有奇迹发生，才有可能救活刘煜。刘煜的情况越来越不稳定，时常陷入昏迷。"宋清平让魏雅思先回家一趟，她在医院等和在家里等电话都一样。他要和魏雅思商议一下一个月后正式婚礼准备邀请的嘉宾名单。魏雅思和江纾媛、刘敏捷暂别，说如果她有消息就立刻赶回医院。

江纾媛陪魏雅思到电梯门口，正要上电梯，突然魏雅思的手机响起，是一个陌生的座机电话。魏雅思和江纾媛交换了一下眼神，迅速接听电话。电话里不是那个男人的声音，而是换了一个外地人的口音，他问魏雅思关于刘煜的医院和主治大夫的名字。魏雅思根本不敢多问对方，生怕对方因为询问而产生想法而挂断电话。魏雅思迅速告知对方医院的名字和姚娇的电话与名字，对方立刻挂断电话。魏雅思和江纾媛去找姚娇，但姚娇已经下班。江纾媛赶紧给姚娇打电话，告知刚才有人打电话询问她的号码，江纾媛反复和姚娇叮嘱，虽然给姚娇添麻烦了，但拜托姚娇一定盯住手机，切莫遗漏任何电话。

姚娇刚刚答应完江纾媛，电话还没放下，就接到昔日高中同学韩雯的电话。姚娇和丈夫调侃："全城首富难得给我这个穷医生打电话啊！"姚娇丈夫貌似开玩笑地说："她的电话千万别与寻人启事有关啊！"姚娇打断丈夫："别胡说，别人那可是模范丈夫的典范。"

姚娇接通电话，夸张地冲着电话说："韩大老板，咋惦记我这个小医生了？"电话里的韩雯回应道："这个世界上有很多人会从记忆中淡忘，唯独救命的医生没有谁敢忘。别调侃我了，什么老板，早退了。同学之间就不虚头巴脑了，怎么样，给个机会一起喝点红酒？"姚娇笑着说："我老公没你老公模范，就会整点家常菜，我这一个月难得回家吃顿饭，今天好不容易踩着点回家，我丈夫怎么可能放我出去？"

韩雯约局从来没被拒绝过，在她看来，至少这个城市，尤其是同学里面，不会有驳她面子的人，今天却被婉拒，她觉得非常失落，尤其是在当下有求于人时。再加上姚娇还在此时比较两人丈夫的模范性，韩雯更是觉得自己在被姚娇借故奚落，语气顿时一落千丈。她有点悻悻地说道："既然大医生连我第一次约局都不赏脸，那就不勉强了！"说完，韩雯挂下电话。一旁的章则紧张地问韩雯："还有渠道吗？可否让韩永春出面，直接和你这个同学聊聊，谈谈价格？""我这个同学就是不通情理，你谈金钱，她会用理想情操把你噎死！而且韩永春这张嘴，我可不放心。再想想辙吧！"

魏雅思直到凌晨还在给姚娇发微信，询问有没有人打电话。姚娇说除她一个女同学打电话约饭局外，其他都是医院询问手术方案。魏雅思虽然听着有点失望，但还是心存希望问那个约饭局的女同学目的是啥？女同学的老公是干啥的？姚娇让魏雅思别想入非非，她同学是城市首富，没啥目的，就是聚会，她老公与她之间的感情可以用无数成语来形容，什么伉俪情深、相濡以沫、相敬如宾、琴瑟和鸣、鹣鲽情深，都不足以描述了。所以你就别编剧本了，他老公不会犯下这滔天大罪的，她本人更不可能容忍这种错误，更不会为犯下这种错误的老公出头。魏雅思听完姚娇的介绍，心里就如同黄花菜凉了半截，只能对姚娇说："看来只能听天由命了。对了，这么优秀的夫妻是谁啊？得介绍给我，我得让我们家老宋好好学习，还得鼓吹全市人民学习，家庭和谐才能社会和谐。"姚娇答道："这个没问题，这次首富约我，我没给面子，下次我得致歉，我来约他们夫妻，我们三个家庭一起聚，让这三位老公交流下，如何达到妇唱夫随的男人境界。其实说她名字，你也应该知道，就是中新集团创办人韩国力的女儿韩雯！"魏雅思听完姚娇的话，和一旁的宋清平直咋舌，然后对姚娇说："好，那还得麻烦大夫盯着手机啊，扰您美梦了！"

魏雅思挂下电话，感慨万千地对宋清平说："大律师，这完全应了那句话，不是冤家不聚头啊！怎么这两天都和那个中新集团搅和在一起啊？""纠正一下，不是我们，是你那个闺密。而且别夸大啊，这只是偶然的巧合，没什么冤家。""我这是突发奇想，万一那个男人与他们有关呢？那不是冤家吗？孩子被他们家撞了，工作也被他们开除了，养了十五年的孩子还是他们家的？孩子的生命危在旦夕，罪魁祸首也是他们家？莫非四处寻找的强奸犯也是他们？救命的也是他们？"魏雅思展开一连串的奇思妙想。宋清平则不屑一听，说："睡觉之前别瞎编剧本，别在彻底失望之前编织最后梦幻破灭的场景。再说，我也没再和你打赌，别用你主持人的风格来猜测不可能的结局！""这个我也不争论了，但只要希望没有在最后一刻彻底破灭，一切皆有可能。"魏雅思越想越兴奋："你去做真梦，我要造假梦，万一我的剧本成真，好不容易原谅了江纾媛的刘敏捷会是怎么个反应？他要知道这个让他妻离子散的强奸犯和让他下岗的都是他那个大老板，他一定会拼命！我得和江纾媛合计一下，让刘敏捷最好明天别来。万一是他那个老板，被他撞见，那就惨了！"

魏雅思兴奋地起床，走到阳台上拨通江纾媛的电话。此时刘煜已经昏睡，江纾媛和刘敏捷正各自在陪护床的一端看天花板。没有刘煜一起聊天的场景下，两人异常尴尬，经过一场灵魂博弈并且强制愈合的情感，内部并未止血。江纾媛在魏雅思的来电之前已经动员刘敏捷先回家休息，让他先回去补充体力。可刘敏捷现在已经无法以过去的生活模式与江纾媛对话，而是反常的客气，这让他自己也颇觉无趣，也令他想起杨绛先生的那段名言："婚姻无非就三样：相对稳定的两个人一起吃、一起睡、一起聊。吃，经济利益；睡，生理和谐；聊，灵魂伴侣。只要占一样，婚姻就能苟延残喘，两样就可以比较稳定，三样则可遇不可求。"在他看来，这三样现在可能就只残存着第一种状态，但已经不是吃的利益而是被一根亲情的利益之绳捆束着。他害怕离开这间病房，他隐隐感觉，一旦离开了刘煜，他就难以重新鼓足勇气返回这个残存的家庭现场。刘敏捷回复江纾媛，表示他一定要陪女儿。

　　魏雅思在电话里问江纾媛刘敏捷是否在，如果在，就到走廊上刘敏捷听不见的地方接电话。江纾媛不清楚魏雅思此举的目的，又担心避开刘敏捷接电话会引发刘敏捷新的怀疑，于是试探着告诉刘敏捷，魏雅思要和她讨论点事，担心影响孩子，所以她得去过道外聊。刘敏捷几乎完全不在意地说："去吧，如果有什么好消息，赶紧告诉我就行。"

　　江纾媛几乎不假思索地拒绝了魏雅思关于劝离刘敏捷的建议，她告诉魏雅思："我不想再让我们这相对平静的状态又横生枝节，在有关孩子的问题上，我与刘敏捷没有什么秘密可言，我的生活不能再生波澜。"魏雅思直接告诉了江纾媛她的有关猜想，江纾媛在惊恐之余连声吐槽魏雅思的猜想完全就是荒唐，如果以这种荒唐的猜想激发她与刘敏捷新的矛盾，她实在不能配合。魏雅思明白无误地告知江纾媛，截至目前，所有的希望都已经破灭，这可能是唯一的希望。在明天中午之前，任何渺茫的希望都要以绝对的努力去争取。江纾媛依旧犹豫不决。最后魏雅思说："算了，我来帮你想办法支走刘敏捷，你只要配合就行。我去找姚娇，让她通知值班医生，告知刘敏捷病房里陪夜只能留一个人，而你坚持留下就行。"江纾媛半信半疑地回到房间，简单地告知刘敏捷，说魏雅思只是回告她目前尚无准确的消息，并安慰他们不要气馁，还有一个好消息就是魏雅思通过渠道，有可能在明天想到办法紧急空运可以匹配的血样。江纾媛为谎言而自责，她觉得自己已经对不起刘敏捷了，此时还依旧不能坦诚相对。被蒙在鼓里的刘敏捷再次感慨地说道："人生得一像魏雅思般的患难之交足矣！"

正说着，值班护士进来小声通知两人，按照医院的规定和治疗原则，陪护病床只能留一人且最好是女性，这样方便照看女患者。江纾媛不得不佩服魏雅思的沟通游说能力，居然在细节设计上还免去了自己难以开口的尴尬。刘敏捷对护士的话没有丝毫怀疑，他只能起身对江纾媛说他先回去，明天早上来时他顺便准备一下女儿爱吃的东西。江纾媛见状，顺便劝刘敏捷来晚点："具体能吃什么，明天等姚大夫通知。你先在家里等通知，弄好吃的再来，中间有什么好消息会提前相告！"

姚娇整晚都处在失眠状态，时不时看下手机，她总担心自己会错漏某一个信息。这是她入职后最难受的一个晚上，之前她只会在重大手术前思考方案而睡眠不足，这次却是为一个患者等候电话夜不能寐。失眠是一种痛苦，她不时暗示自己，她完全没有必要为这个与自己无牵无挂的患者忧心忡忡，这与自己的职业也没有必要关联，做医生不能过于管闲事，可是她一想到刘煜可爱的样子，就颇为自责。医生的天职就是为所有的患者尽职责，从而拯救生命或改善健康。同时，她在考虑，如果那个男人真的到达医院，她该以什么方式帮助阻止刘敏捷陷入癫狂？她想了一堆理由，最后都被职业道德推翻，她最后还是自己提醒自己，做一个纯粹遵守每一个规则的医生，不参与患者之间的任何游戏。

辗转反侧到天光放亮，姚娇一面给当值护士长发短信，让她提前安排给刘煜做化疗，一面提前收拾好自己，早早来到医院。可在她刚刚到达办公室门口时，就看见了戴着口罩和墨镜并配着男女款式时尚帽子的一男一女。女人看见姚娇，临时取下口罩、眼镜和帽子，姚娇惊讶地发现，这居然是昨天给她打电话的韩雯。在这种状态下看见韩雯，姚娇感觉不安，她认为无论如何，韩雯都没有必要在这个时间，以这种方式到医院来等她，这让她想起了魏雅思的猜想。两人简单而又热情地寒暄后，姚娇着实不方便问韩雯到医院的目的，但是韩雯主动要求姚娇单独找一个避嫌安静的地方，她要和姚娇说点事。

姚娇带韩雯和他的男性伙伴进入手术室的等候间。正常的手术时间是九点整，现在才八点，足以满足韩雯聊事的要求。韩雯整理了一下思路，就直奔主题："老同学，家丑也得外扬啊，这两天沸沸扬扬的网络热点的当事人就是我老公。原本他可以默不作声，相安无事地度过这场风波，但他过不了自己内心的坎儿，他冒着风险也想救这个孩子，我也经过反复纠结，同意了他的想法。但是我希望他仅仅只是停留在拯救生命的这个环节。这个你应该懂是什么意思！所以我想请你这个同学通融一下，成全章则这种两难的做法。虽然他的救命行为完全没有高尚性可言，但也算一种赎罪和补救。请你看在这一点上，帮帮我们。"姚娇之前想了一晚上，早就心有定论，于是也很干脆地说："无论是从同学还是从医生的角度，我都不太关心法律问题，只关心拯救生命，所以我只能在医生的程序上兼顾同学情谊。我不会违反医生准则，刻意隐瞒什么，这一切都看天意。不过我可以告诉你们一个好消息，当事人和帮助她的女主持人并不想追究什么，也并不想追究谁是输血和移植骨髓者，她们只想孩子得救，唯一的麻烦是当事人的丈夫，她们担心在特定的状态下，女方的丈夫会要求知道谁是输血者，不过她们两人已经意识到了这个问题，所以提前支开了他，不希望他与你丈夫碰面。如果能够抢在当事人老公发现之前完成输血和骨髓移植，你们希望的那个结果就能实现。这位是你先生吧？我提前通知护士做准备，抓紧做手术，这是我能够帮忙的地方。"姚娇指着旁边的男人问韩雯。韩雯告知姚娇这是自己的堂弟，老公在楼下，堂弟马上回去通知。姚娇说："那就抓紧！"韩雯让韩永春赶紧打电话给章则，同时到电梯门口迎章则。韩永春赶紧给章则发短信，同时向电梯方向走去。姚娇赶紧打电话给护士长，让她一面布置手术室，一面让人随她去刘煜病房，把刘煜接到手术室。

姚娇离开后，韩雯长舒了一口气，她暗自庆幸自己的决定和所有的筹划是正确的。虽然昨晚她约姚娇被拒，让她觉得有点灰心，但后来转念一想，姚娇说得也在理，主治大夫的确很难按点回家，如果自己在别人吃饭的点临时约人，的确于情于理说不过去。她认为有必要明天一大早亲自上医院堵姚娇，并让韩永春和章则一起来。韩雯相信自己对姚娇的判断是对的，同时绝对相信姚娇不会当面驳她面子。她甚至想好了细节和步骤，比如尽量穿戴严实，让章则换一辆车在楼下先等消息，自己先与韩永春上去，让韩永春机灵点，一定保护好章则——她这时完全把韩永春当作了自己的亲弟弟。现在所有进展尽在她的规划之中，她开始有点佩服自己的精心设计了。

　　姚娇带着护士和手术车去病房推刘煜，简短地告诉江纾媛救命的人到了，并让她在手术通知单的监护栏签字。江纾媛兴奋得直哆嗦，她压根不想知道救命的男人是谁。把女儿救活，这是天大的事！但她很冷静，签完字后没有提出要跟随女儿进病房，她知道，不能让对方担心，以致出现意外。姚娇推走刘煜后，江纾媛赶紧给魏雅思打电话，兴奋地告知她这个好消息。魏雅思也兴奋，她问江纾媛那个男人是不是章则？江纾媛说她压根不关心，也不知道。魏雅思也觉得当下最要紧的是不能节外生枝，必须防止刘敏捷意外提前到达医院，她说："为防止万一，避免出现昨天说到的那个麻烦，必须先把刘敏捷稳在家里。"江纾媛忧虑："用什么方法稳？"魏雅思想了想，告诉江纾媛，可以让宋清平去，理由是交警队让他们去领修好的车。魏雅思放下电话就告诉宋清平计划，宋清平不满地说："第一，我可是大律师，我有很多案子，每天都是按小时收费，我不能每天被消耗在你们这些游戏里；第二，说好了今天我们要去补一部分结婚照，你这一折腾，又黄了，还不知道哪天再有时间。"魏雅思撒娇说："救人一命，胜造七级浮屠。律师有时是杀人的工具，有时也应该是救人的工具嘛。"宋清平无奈，只得起床去收拾自己，完成魏雅思的任务。他非常爱妻子，只要不违背自己的职业理念，他几乎对魏雅思言听计从。

　　韩永春带着几乎同样装束的章则一起走出电梯，这是韩雯的要求，也是她晚上特地准备好的道具。章则内心并不想按照韩雯的剧本进行，他始终认为这不符合自己制订的赎罪计划，他希望完完整整地赎罪，这也是他十几年来一直最想要的解脱方式，更是他盘下酒吧并守候在那的原因。在他看来，主动认罪悔过也应该坦然，否则认罪与被捕服法意义别无二样。但如今操作成今天这般贼上加贼的鼠辈模样，他极其鄙视自己，又自我说服：无论基于什么需要，婚姻幸福必须妥协，放弃个性去适应根本就不是爱意的相互成全与互补，人与社会的互动关系也是这种原理！先救了这条生命再从长计议。

　　姚娇见到章则的时候，以做手术的标准仔细查验了章则的外貌。她实在无法判断，这样一个男人是否会是一个对女人施加暴力的强奸犯。但她很快意识到，男人强奸的生理与心理机制太复杂，犯罪时的畜性会覆盖人性并使之无法自控。但她至少没有对这个男人表现出厌恶，也无好感。现在，姚娇是唯一知道章则与江纾媛、刘敏捷、刘煜之间复杂纠葛关系的人，她已经觉得左右为难了。她必须为当事人保密，同时还承担着化解有可能爆发的更深层的冲突的职责，而这压力本不该属于她。姚娇觉得有点烦躁，她没有搭理意图寒暄的章则，非常娴熟且迅速地指示护士长和护士给章则安排验血和骨髓匹配度化验与准备移植骨髓。

　　虽然疲惫不堪，刘敏捷夜晚的睡眠质量却非常不好，蒙眬依稀、噩梦不断。其中一个奇怪的梦，竟然还能整理出头绪，梦里有个男人向他起诉，索要刘煜的抚养权，那个男人居然是他的老板章则。他很想怼这个男人，但始终无力完成。刘敏捷被这个奇怪的噩梦惊醒，这时已经早上八点。他知道女儿钟爱土家族油炸品和甜食饼，还有自己的手工烙饼，于是他进入厨房准备先榨两根油条和两张甜食饼。备好面食后，他开始烹制。由于噩梦中那幕清晰的场景一直在纠缠，油锅里溅出的油不小心将刘敏捷的手烫伤。刘敏捷懊恼地关掉炉子，进入房间，从家庭医药包找出消毒纱布处理表层伤口，然后涂抹疤痕一抹消。为女儿做早餐的热情被这个令人沮丧的梦境毁灭，这让原本就情绪不佳的刘敏捷更加郁闷，他打电话向江纾媛吐槽。江纾媛听到刘敏捷说的梦中的男人很像章则，心里暗自叫苦。她突然觉得这个世界上完全有可能存在平行世界中的梦境的量子纠缠：为什么魏雅思奇怪的想法会与刘敏捷的梦境如此重叠？她差点儿将真相脱口而出，但理性阻止了她的冲动。不过江纾媛忽然平添几分好奇心，那个已经进入医院的男人究竟是不是章则？她一面听刘敏捷发牢骚，一面警示自己，绝不能容忍自己的好奇心无节制扩散，此事一定要在输血、骨髓移植这个环节结束。孩子得救，就是所有噩梦的终结，绝不能发生任何意外。她放下电话后竭力让自己平静，但另一种忧虑不断扩大、不断啃噬着她的情绪。这一忧虑就是刘敏捷的梦境，无论这个男人是谁，如果放弃了对他的追责，他是否会得寸进尺，真的索要孩子？还有其他一些后续不可知的法律问题。江纾媛很想马上找到宋清平和魏雅思求证并解除这种担心。但转念一想，此时绝不能让这种杞人忧天的荒唐梦境折磨自己，也不能再打扰朋友。不过她必须请姚娇帮忙，无论如何，不能让那个男人看见刘煜。输血与骨髓移植的整个过程一定要让他们分割。刘煜是一个人见人爱的孩子，万一这个男人真动了心思，无疑会给自己带来巨大的麻烦！江纾媛将自己的想法编成了一条详细的短信发给姚娇："姚大夫，我一边自怨自艾，不要给一个好人提出太多的要求，但此事的确攸关我们的家庭安危，拜托您，千万别让那个男人见刘煜，包括任何形式的见面。"

刘敏捷吐槽完毕后心情稍微放松。他决定今天暂且放下女儿的早餐，等江纾媛整明白具体能吃什么后再去精心备餐。他提前到医院去陪护女儿，他要第一时间等候消息。

屋外的滴滴车已经到达，刘敏捷准备上车，但宋清平的车突然驶停到小区门口。刘敏捷以为宋清平只是偶然到小区办事，便和下车的宋清平打招呼，问宋清平来干什么。宋清平看到已经坐上滴滴车的刘敏捷，暗自庆幸自己能踩着点赶到。宋清平告诉刘敏捷就是来找他的，上次和交警队说好了，今天可以去取修好的车，他担心刘敏捷在有关流程上整不明白，特地赶来陪他一起去。不明真相的刘敏捷格外感激，他对这对夫妻近乎无私地帮助朋友的仗义之举佩服得五体投地。他对宋清平说自己本来准备先去医院的，这样看来得先去修理厂了！

宋清平启动车之前给魏雅思发了一条微信，告知刚才的险情，并让她放心，他已经排险，前往修理厂。他提醒魏雅思，在去修理厂加上取车到返回医院的时间内，整个手术一定要做完。魏雅思回复短信说，她已经在赶往医院的路上，她一定会盯住时间和进程。

护士将各项指标数据交给姚娇审查。姚娇核对无误后通知护士开始按核定的剂量为章则抽血和抽骨髓。结束后，章则突然向姚娇提出想看看那个女孩。姚娇因为一直忙着手术，没来得及看江纾媛的短信，她从人性的角度考虑，准备让章则隔着玻璃看看刘煜。但这时魏雅思突然发来短信询问手术的进展以及还需要多长时间，并告知刘敏捷随时有可能到医院。姚娇在看魏雅思短信时翻到江纾媛的信息，她在回复魏雅思后构思了语句，她不愿意触及章则的自尊和疮疤，再加上章则是她同学的老公，所以说得比较隐晦："实在抱歉，你应该知道，这不是一次义务献血和捐献骨髓，患者家属事先有交代，拒绝你以任何方式接触患者，他们是有这个权利的！"章则的脸色有点难堪和失落，整理好衣服准备走。一旁的护士长让他休息到规定的十分钟到半个小时，观察结束后再走，另外还给章则准备了一些补血的药剂，同时还告知章则，之后根据患者的病情还需要麻烦他。姚娇对护士说，没必要一定要三十分钟，他的状况不错，十分钟后就可以走了！章则显然不知道姚娇和魏雅思之间的信息联通，但他分明可以从姚娇眼里读出暗藏的鄙视。心高气傲的章则多一秒钟也不愿意在这里逗留，尽管他还想看看里面那个女孩。章则径直起身就走。"你得遵守基本规则，观察时间必须符合规定。""我自己负责。"说完，章则独自离开了手术室。

在手术室外等候的韩雯似乎也不愿意停留，她原本应该和姚娇打个招呼，但看见姚娇并未出来，她也实在不愿意在老同学面前表现出内心备受煎熬，于是匆匆带着韩永春与章则迅速离开。

姚娇给魏雅思发了一条简短的信息，告知人走了。此时魏雅思已经到达病房，她将短信给江纾媛看，两个女人默契地相拥。事情都是按照魏雅思设计的节奏进行的。孩子有救了，一切担惊受怕宣告终结！这对于一个充满母性之爱，一个充满友谊之爱的女人而言，的确是一件值得庆贺的事情。只是魏雅思心里还有点余兴未消：她真的很想看看那个男人究竟是不是章则。她告诉江纾媛想去问问姚娇。江纾媛告知魏雅思："不能为难好人啊。你让姚娇违反医生公德满足咱们的好奇心，实在是良心不安啊！再说，对于我而言，继续知道任何一个多余的信息就是巨大的心理负担，而且我现在被一个沉重的包袱碾压得无法挣脱，无论如何不能再给自己施压了。"魏雅思赞同江纾媛的观点。她问江纾媛："另一个包袱是什么？"江纾媛告知魏雅思刘敏捷的梦境，魏雅思感慨："真是造孽，居然还可以有如此巧合的梦境……不过，关于这个法律困惑，宋清平可以减压，但我觉得对于那个男人而言，能摆脱法律和良心的双重桎梏已经是祖上积德了，哪里还敢再度滋事？你就不要自扰了！现在要问问，你们家先生到哪里了？"

两个女人在聊天时，章则一行人和刘敏捷与宋清平几乎是前后脚，完美错过了一场风暴。刘敏捷一边进门，一边在电话里告知江纾媛，他已经准备进电梯了。

江纾媛兴奋地告知刘敏捷，她们要一起分享好消息。刘敏捷预感到了好消息所指：那个男人来了，孩子得救了。但梦境还在困扰着他，沿路他一直想请教宋清平，但好几次欲言又止，他担心宋清平嘲笑他庸人自扰。

所以刘敏捷进电梯时，脸是阴阴的。

　　章则在停车场准备上车时，突然向韩雯表达了想请韩雯再度让姚娇帮忙让他见见那个孩子的想法。一贯冷静的韩雯忍不住粗口指责章则得寸进尺："现在韩家能摆脱这场危机已经是修福，绝不可以再因个人的自私再引祸水！"这是韩雯最直接、最真实的判断。韩永春又冷不丁说了半句话："有一种因祸得福的可能，比如韩家添丁。"章则此时对韩永春几乎到了感激涕零的地步，只有他才敢说出自己灵魂深处的想法。但这句话戳到了韩雯的软肋，这起风波证明，韩家无后，其责不在章则而是她。对于韩家和章则，作为女人，她是自卑自责的。从知道章则惹出这个麻烦后，她就意识到了这一点。但韩雯无暇顾及其他事宜，只想永远平息这场风暴，以绝后患。但韩永春的半句话让她重新回归了这个思考：韩家能否有后，她自己还有机会成为母亲吗？比如，单独针对自己的中医调理？西医体外培育？甚至借腹生子？可韩永春现在的提法让她瞬间左右为难，她绝对希望韩家之后与自己有关联，可万一全部失败呢？韩永春的提议是不是一个渠道？如果可行，所谓的韩家之后，可是绝对的章家之后啊！倘若只有这条唯一的路，自己却出于自私横加阻拦，对韩家有利吗？她现在已经不把是否对得起章则列入考量的范畴了，在她看来，一个出轨的男人已经没有价值，自己的所作所为都应围绕着韩家的价值体系。想到这儿，韩雯稍微恢复理智："仅限于一个动作，是目前可以做的。韩永春，你去想办法，先拍一张这个孩子的照片。"说完，韩雯几乎是以命令的口吻让章则上车。章则无奈，回头看向医院，坐进驾驶室。启动车子时，他默念着莫言的那句话："你选择能干的女人，就得接受她的强势。"

　　刘敏捷和宋清平进入病房时，刘煜正好被推进来！刘敏捷与江纾媛几乎是同时热泪盈眶地拥抱抚摸刘煜，魏雅思、宋清平也被这近乎失而复得的天伦之欢感染。刘煜此时已经苏醒，她睁眼看见父母还有魏雅思和宋清平都在房间，异常乖巧地和四人打招呼，同时还告诉刘敏捷："我感觉这一觉睡得好长啊，在梦里我听到班主任给我送来重点高中的录取通知书，但你不同意我去这个学校，说要送我出国，我还和你争执呢！"刘敏捷抚摸女儿的头说："爸爸不会和你争执的，以前不会，今后更不会！""我太爱你啦，爸爸。""妈妈，我在梦里也和你吵架了，你说不要我老爸了。我可是严厉批评你了，你可以不要我，但不能不要我爸。"刘煜对刘敏捷和江纾媛说道。江纾媛一面擦拭眼泪一面说："乖，不会出现我甩你老爸的事，只有他甩我，他力气大。""那不可能，我老爸对我言听计从，我命令他，海枯石烂也要跟随你，是吧老爸？"刘煜十分幽默地说道。刘敏捷说："必须的，乖乖！"众人正沉醉于欢乐祥和的对话之中，姚娇进来了。

　　四个人分别以溢于言表的激动心情与姚娇握手拥抱。江纾媛说道："我们回头一定做一面最大的锦旗表达我们对最美的仁心医者的感激。"姚娇说："别别，我可从来不接受锦旗！在办公室摆满锦旗的，都是游医。如果你们真心感谢，就把这闺女精心养育成人间奇才。"刘煜接过话说："医生阿姨，虽然我不知道我具体得了什么病，也知道你们在瞒着我，但我也十五岁了，知道自己是死里逃生，而给我重生机会的除了我爹妈、魏阿姨、宋叔叔，最重要的就是您。我将来如果要成才的话，一定要做您的学生，我也要救别人！"姚娇被孩子的话感动得流泪："好孩子，将来我们一起联手救人！这样吧，孩子的状况比较好，你们安排个人，在我们的治疗单上先签个字。"江纾媛让刘敏捷和姚娇一起去医生办公室签字。

姚娇与刘敏捷出病房时，意外看见刚刚偷拍完照片的韩永春。姚娇惊讶地问韩永春怎么还没走。刘敏捷也惊讶地问："你怎么到这儿来了？"韩永春在拍照片时意外发现刘敏捷也在病房，他怀疑刘敏捷就是这个孩子的父亲，这已经令其惶恐不安，甚至是胆战心惊。如今又被刘敏捷撞见，更是慌乱无措，不知道先回答谁的问题。姚娇不知所以，问刘敏捷："你也认识他？""岂止是认识？他就是撞伤我女儿的人！"韩永春此时一下明白，他要拍照打听的人竟然是刘敏捷的女儿！顿时，他马上想到了一系列非常严重的后果，姚娇似乎也意识到了问题的严重性，打马虎眼指责韩永春："你这做完常规检查后不应该在医院逗留，应该马上离开！"韩永春听出姚娇在解围，立马点头哈腰："是，我马上就走。"然后，韩永春又对刘敏捷解释道："刚顺便看望一个朋友，没想到这么巧。"说完，韩永春神色慌张，抢步离开！

决意追诉　陆

————

不能"以罚代法"，"以罚代法"会破坏法制的公平性。

刘敏捷满脸狐疑地跟着姚娇到医生办公室在所有病历治疗单上一一签字。他对姚娇绝对信任，他生怕签慢了，让眼神多在字面上停留一秒钟就是亵渎眼前的这位天使，他将签字完毕的治疗单交还给姚娇，再次连连表达感谢，同时还对房间里的其他护士表达谢意。姚娇此时也不敢多与刘敏捷对话，她从韩永春与章则的关系、章则与刘煜的关系中已经预感到韩永春、章则绝不仅仅是肇事撞人和施害。她想问刘敏捷与章则是否认识，但连开口的勇气都没有。

刘敏捷离开病房后，姚娇赶紧发短信告知魏雅思，刘敏捷看到了韩永春。信息编辑好后，姚娇又给删除了。她实在搞不懂其中复杂的关系，加上魏雅思又非常敏感，她觉得自己绝对不能再画蛇添足了。最后，她只写了另外一条信息给魏雅思：我拒绝了对方所有的好奇心。

刘敏捷去医生办公室的这段时间，心直口快的魏雅思让刘煜先休息，他们三人来到走廊上。魏雅思告诉宋清平江纾媛的担心，并说出自己的判断，她让宋清平给解答一下。宋清平很平和地说："你都已经判断了，这不可能发生，何必给自己添堵？偏要自己和自己过不去。再说，现在皆大欢喜，所有的事情都没脱离你这'女诸葛'的掌控。法律是保护人的，不是吓唬人的。"魏雅思嫌宋清平卖关子，让他直截了当地回答问题。宋清平说："那你们就别怪我危言耸听！从法律上讲，如果他萌生此意，他的诉权是存在的！至于结果，以我的法律常识，他几乎没有胜算。但不排除部分意外，比如一旦他发起诉讼，这个案子难免会公之于世，刘煜如果得知，坚决要求认父，不管他最终是否拥有监护权，亲生父亲的身份都不可改变，刘敏捷的身份就会异常尴尬。"江纾媛说："我们家刘煜对父亲的感情你是见过的，不可能发生你说的这种移情。""富人有很多手段的，比如糖衣炮弹，资本和资本家有时会颠覆常理。刘煜现在没问题，那以后能扛住吗？"魏雅思则不屑回应宋清平说："糖衣炮弹就那么厉害吗？"宋清平以抗辩的语气说："强大的物质欲望攻陷了多少强大的地位的人？何况一个少女？虽然我不太相信你们推理的那个人，但万一推理成为事实呢？别说是儿童，法律又能如何？你们能担保没有枉法的裁定出现吗？"江纾媛听到宋清平的直言，刚刚理顺的思路又重新紊乱了。她崩溃地问宋清平，有没有办法阻止这种可能性？宋清平斩钉截铁地说："有，但是不可能！"江纾媛诧异地问："为什么不可能？"宋清平继续说："让他成为事实上的罪犯，控告他强奸，这是唯一可以阻止他的方式，可问题是你们信誓旦旦地在网络上做过保证，你们会违背良心和承诺吗？不会！""我会，我没有承诺。"刘敏捷的话外音闯入。刘敏捷拿着一张化验单，浑身颤抖地来到众人跟前。他近乎咆哮地对众人吼道："你们早就知道谁是真凶，而我是唯一一个被你们蒙在鼓里戏弄的玩偶！我拿你们的欺诈当善良，而你们把我的善良当愚蠢！"江纾媛看看病房里，指着里面对刘敏捷说："请你小声点儿，别惊吓到孩子！"刘敏捷已经无法自控，他虽然调低了声量，但仍旧怒火中烧："孩子？我刘敏捷的孩子？是你和那个丧心病狂、狼心狗肺资本家的化合物吧？"众人被刘敏捷一番不明就里的火炮打得晕头转向！江纾媛耐着性子对刘敏捷说："不管你说的啥意思，你有什么自认为的正义，你都可以冲着我来，反正我已经这么凄惨，随便你怎么泼脏水，但不允许你攻击我的朋友。"刘敏捷义愤填膺地说："朋友？狼狈为奸、为虎作伥的狐朋狗友吧？把我当傻子一样骗走，协助你完成这男盗女娼的龌龊把戏？我学历没你们高，难道我就应该智商情商也低，低到被你们肆意玩弄？"魏雅思开始忍受不了刘敏捷的攻击，她的声量也高到火爆的分贝，冲着刘敏捷喊："刘敏捷，你不要'狗咬吕洞宾'，打你们家出事，我心甘情愿地为你们四处张罗，你倒好，狼心狗肺，丈二金刚乱撕，我们联手欺骗你，我有必要欺骗你吗？你们家的事和我有什么相干？天下有你这种不知好歹的人吗？"刘敏捷愤怒喊道："丈二金刚？你们看看，这是丈二金刚？"刘敏捷将签有章则本名的骨髓移植承诺书摊到众人面前。魏雅思摸着脑袋："还真是这家伙？姚娇不是说了尽量保密的吗？"刘敏捷火冒三丈地吼道："看看，你自己也承认，医生不是被你们指使的吗？天使？这居然还是天使？欺骗患者的医生也能叫医生？"

　　一直在一旁观察的宋清平不愧为律师，他好像看出了些眉目，他对刘敏捷说："我必须承认，我们的确有隐瞒你的行动，但是我提醒你，这不是欺骗，这是善意的隐瞒。法律对行为要鉴别动机，才能判断行为的后果。以下我说的这部分内容，你可以录音，或者我帮你录，绝对没有任何虚假解释。在你拿出这份签名时，我们也才知道魏雅思之前的猜测居然蒙对了。在此之前，她仅仅是从姚娇那得知章则的老婆韩雯昨天约姚娇吃饭，因为她们是高中同学。魏雅思突发奇想，认为韩雯在这个节点约饭，是不是与章则就是那个男人有关，所以她担心如果猜测一旦成真，你知道后会忍不住报复，使骨髓移植一事流产，从而影响孩子。因此，她们商议最好任何人都不接触这个男人，权当是一场暴风骤雨掠过，去追问原因实在没有意义。她们在整个骨髓移植的过程中，始终都没有向姚娇打听那个男人究竟是谁，但希望姚娇最好不要告知任何人，其中包含你。姚娇的确是人间天使，你怀疑她，只能说你与天使的距离太远。她一开始就说，一切听从天意。凭良心和道德做事，她不会违背良心刻意隐瞒任何事情。我估计你是刚才签字时得到这份签名的。至于你是怎样得到的，我无法猜测！但我根据姚娇之前的答复和她的品格可以断定，绝不是她主动给你的！她是医生，她不会挑拨是非！所以在你拿到这份签名时，她也没有知会魏雅思。上述，你可以不相信作为魏雅思的老公的我，但你必须信任一个职业律师！"宋清平一段不卑不亢、有理有节、逻辑严谨、简明扼要的陈述，平复了刘敏捷暴躁的情绪。刘敏捷告知了众人原委，他与姚娇去医生办公室时在病房外看见韩永春，当时他就感到奇怪，为什么韩永春会如此凑巧地出现在血液科的住院区，而且就在刘煜的病房外？他签完字后一直在纠结是不是要问问姚娇，骨髓移植者是谁？但他也不想再自寻烦恼，加上实在不好意思让姚娇为难。但他离开医生办公室后，突然想起昨晚的梦境，心里不寒而栗——他绝对不能失去刘煜，他要做好准备，他得知道那个男人是谁！尤其是他想到韩永春，他恐惧地胡思乱想到，难道量子纠缠的梦境说真的在自己身上应验了？强烈的恐惧和好奇心驱使他返回医生办公室，他告诉姚娇，他应该有权利知道为刘煜输血和移植骨髓的男人是谁！姚娇回答说既然他问了，他确实有权利知道，自己也有义务告知。

得到答案以后，魏雅思不再生气，她仰天长叹："老天弄人啊，而且真是残酷！韩家、章家，与你们江家、刘家上辈子结下什么仇怨，要以这种方式还报？"江纾媛此时也恢复了平静，她又想起刘敏捷说的韩永春来病房外的事，她既像是自言自语，也像是在发问："韩永春为什么会在骨髓移植结束后返回我们的病房？这是安的什么心？莫非他们真有此主意不成？"平缓许多的刘敏捷向宋清平和魏雅思道歉，并接过江纾媛的话："韩、章两家作恶多端，我绝对不会放过他们！不管他们有何阴毒的打算，我一定送他们进班房，让他们身败名裂。"魏雅思问："你想起诉他？"刘敏捷回答："必须的。"魏雅思则直摇头："那不行，我们做过承诺，绝不追究。江纾媛也再三保证过，人不能言而无信、过河拆桥。而且从人性的角度上讲，章则并不是十恶不赦之徒，他能顶着巨大的压力，冒着风险站出来救人赎罪，虽然是以这种偷偷摸摸的方式，也难能可贵啊！他完全可以置之不理，至少为了安慰自己，等到追诉期到了以后再象征性地出来，可他选择了相信我们的承诺，提前站出来。现在孩子得救了，我们也应该允许他自救啊！"

刘敏捷彻底爆发："照你这么说，他还是善人？让我失业，让我平静的家庭风波四起，而且面临解体？让我好端端的女儿遭此大劫，让原本应

该属于我的女儿面临被夺走的局面，让我一个大男人戴上永远抬不起头的
'绿帽子'？这样一个歹徒，还是善人？如果我刘敏捷面临这样一个恶人，
蒙受如此奇耻大辱，还能忍受，还能唾面自干，我还是男人吗？承诺是你
们做的，不是我，我不受信用的约束！信用是君子和君子之间的事，恶人
哪里适用'信用'一词？何况即使是做过承诺，我也要食言，因为这个人
是罪大恶极的章则！而且就算你们说的那一点善意成立，可那是善吗？那
是他的恶！这完全是一次精心策划的、一举多得的阴谋，他是在救自己的
根！据我所知，他们二人结婚以来一直无子。现在正好，既可以让他从此
不再做噩梦，躲避法律的制裁，还可以通过诉讼或者金钱得到一个孩子。
多么恶毒、阴险的美梦啊！我一定要让他付出代价。"

"你怎么起诉？你只是受害者的家属！强奸罪的受害主体是江纾媛。
她能告吗？她可是受信用约束的。"刘敏捷问江纾媛："你不支持我？"
江纾媛此时陷入了万劫不复的地步。她想起刘煜、韩永春，想起宋清平一
系列的话，这些话不断地交互出现在她的意识里。她担心韩永春的出现就
是章则真的已经开始行动，想动刘煜监护权的歪脑筋。如果不阻止章则，
不但自己遭遇的凌辱得不到伸张，万一女儿真的面临这场监护权归属的官
司，甚至还可能有意想不到的逆局，那如同夺她性命！不管怎样，她都不
能让这种事情出现。她闪回宋清平的话："只有让他成为罪犯才能解决所
有问题。可问题是，一旦起诉，整件事就会发酵，女儿的名声怎么办？让
她幼小的心灵，背负一个'强奸犯女儿'的标签？如果是这样，岂不是也

在凌迟她？还有，我不能成为骗子啊，全网都听过我的誓言——绝不追究罪犯的责任！"

江纾媛崩溃得乱抓头发，将这些纠缠不清的想法一股脑儿地倾诉了出来，然后问："雅思，你教教我，你帮我定夺，我该怎么办？你是我的主心骨！"魏雅思看见江纾媛痛不欲生的样子，听到她的痛诉，一时也无法决断。她一面劝慰江纾媛，一面断断续续地说："你们站在自己的角度考虑问题，理由都成立，我只是这个事件的局外人，我可以尽朋友之谊，在外围帮助你们打辅助，但这种精神层面的决断，恕我力所不逮。不过以我的判断来看，韩永春到这，未必一定是想争夺监护权。以姚娇的信息，他们并不知道侵犯对象是你们，以章则和韩家目前良知尚存的做派和他们所处的地位，如果他们知道是你们，谅他们也没有那个胆量敢生此孽念。或许是章则出于人之常情，或者也是好奇心，想知道这个孩子究竟长成啥样，所以派韩永春来一探究竟，比如拍张照片，查查姓甚名谁。退一万步，就算他们有这个想法，也不会以打官司的方式争夺孩子的监护权，但以他们的实力，他们大概会选择谈判。宋清平说的'糖衣炮弹'，不一定只有一种方式。最重要的是，韩永春这次来遇到刘敏捷，他也知道侵犯对象是谁了，没准回去以后已经在计划对策了！这个对策就包含这个孩子，或者是如何防范你们的报复。所以我觉得在孩子这个点上，你们担心他们抢夺的忧虑有点过度。倒是刘敏捷说的一定要复仇，我不太赞成。你们可以不考虑信用，我们可是用公共平台做过承诺的。最重要的是，章则和韩雯已经在以实际行动赎罪了，人与人之间或人与社会之间，要设置宽容的空间，给犯错者去弥补过错，给犯罪者去自我救赎。如果人与人之间、社会与人之间全部以冤冤相报和惩罚为准则，这不是我想看到的结局。要学会适度放下，送一句佛偈参考：别争，越争越累；别怨，越怨越苦；别恨，越恨越气；筷子放下才能夹到美食，心要学会放下，心安归处方能梦归香处。"

刘敏捷说："魏雅思，不管从哪个角度，我都感谢你们，但换位思考，没有哪一个男人可以走出这般苦大仇深的深渊。仇恨到达临界点，所有的道德缓解功能都是无效的。关于孩子的归属，我们可以以静制动，但起诉章则，江纾媛必须配合我！当然，如果她决定彻底放弃这个家庭，我就从这个城市、从你们的视线里彻底消失！"魏雅思见刘敏捷固执己见，而江纾媛已经进退维谷，只得再次求助宋清平。她希望宋清平能以自己的专业能力劝止刘敏捷，帮助自己的好朋友脱身。

宋清平说："这个我最好不发表意见，否则你会失望的。"魏雅思说："意见不出来怎么叫失望？即使相左的意见也可以反向参考。你必须说。"宋清平说："其实前面交通事故发生后，我是不赞成以那种拿钱消灾的方式和解的。从法律的角度，我始终坚持有罪服法，不能以罚代法破坏法制的公平性。但我们是一个世俗的社会，很难免俗。很多当事人在金钱面前会选择妥协和解，我们的法律制度也很宽松和谐，给轻罪留下了全身而退的空间，所以我也没有坚持己见。但是，在重罪方面，我绝对不赞成所谓的以道德和救赎达成和解。道德救赎是犯罪者应该做的，而不是免罪的理由。雪莱说：'法律不应该使本质上道德或纯洁的行为变为犯罪行为，但也不能使犯罪行为又变成纯洁的行为。'因此，使罪犯服法是社会与法制必须做的。'小恶不容于乡，大恶不容于国。'这种强奸犯是大恶中之极恶，岂能容忍？"

刘敏捷对宋清平不计前嫌支持自己的意见，表示感激涕零，他向宋清平表达感谢。宋清平说："我这不是支持你，我们虽然在方向上是一致的，但理念完全不一致。我主张法律的理性和尊严，你主张报复。法律的惩罚不是为了迎合私人的利益，而是为了公共的利益。本来道不同不相为谋，但惩处强奸恶行、最大化地消除潜在危险，是法律人的职责。所以我同意和你合作。"

刘敏捷问："不管理念，结果一致就行。你愿意帮我代理这个案子吗？"

宋清平说："虽然我们长期主张凡事要依法，但我从不鼓励怂恿当事人诉讼，诉讼是一个需要耗费大量综合资源的复杂事务，凡是主张动辄诉讼的律师，都并非从实质上理解法律。我从不鼓励当事人，但如果当事人委托，我不会拒绝践行我法律主张的案子。但我要说明的是，我是为法律服务的，而不是为你个人服务，所以一旦我们之间的委托关系成立，我可以以法律志愿服务者的身份参与，不收取一分钱。"魏雅思在一旁气得脸都歪了，直接粗口指责宋清平混账，完全不征求她的意见，她绝不允许他代理这个案子。宋清平见魏雅思干预自己的法律事务，便怼魏雅思："我已经有言在先，你也说过即使意见相左，也可以参考。你怎么能出尔反尔呢？"魏雅思火冒三丈地说道："你这不是相左，完全就是背叛！我以老婆的名义命令你，回归正途。"宋清平说："我说过，除了法律，你可以左右我的一切，这是我们之间最简单的爱情协议，你也同意了。从法律上说，口头协议也是协议，除非你否认。"魏雅思气得指着宋清平语无伦次，然后拉着江纾媛说："走，不理睬这个宵小，讼棍，法智障者。只要你拒绝，他们那个委托就不成立，没有原告人，我看他们怎么诉讼。"魏雅思拉着江纾媛回到病房。

走廊上只剩下宋清平和刘敏捷彼此对视。宋清平想抽烟，掏出香烟后，刘敏捷提示他这是医院，宋清平只有将烟和打火机装回包里。宋清平苦笑着对刘敏捷说："我估计你我以后会合租一间房结庐相伴！"刘敏捷也苦笑着回应说："我想起希腊神话里的一个故事，古希腊人认为，人是一个球形，两个个体背靠背黏合在一起，两张脸、八只手和脚。宙斯和众神认定人类的集体性格是因其强大而不敬神灵，便把球形的人劈成了两半，每个人其实都只是半个人。在茫茫人海中，如果有幸寻找到自己的另一半，就可以让彼此完整。可是现实呢，完整的两个半球大多不是宙斯劈开的，而都是女人劈的。"宋清平一语双关地说："男人也举着斧子，比如你。算了，不聊这个过于沉重的话题，律师最好不要怂恿教使当事人如何取证，但可以为你做个简单普法。强奸罪属于重大恶性刑事案件，不一定要受害者本人作为原告人。关键问题是要有直接证据，比如现场强奸证物，这个你自己上网搜。最重要的是，受害人要认定施害人的性行为是违背自己意志的。第一，十五年前的现场证据肯定没有，但小孩的 DNA 能成为直接证据；第二，我不能说太多，至少得有当事人的陈述作为证词。如果施害者想证明受害者是出于自愿的，那必须有相应的证据。需要提示的是，必须在追诉时效以前搜集齐所有证据。从案发到现在，追诉时效共十五年，因为这是强奸罪的最大时效限值。这家伙是在公共场景下实施暴力，引发了重大后果，现在离时效终止还有最后五天。五天内你要搜集证据，说服江纾媛，同时还要面临对手的强大，难啊！"刘敏捷说："有你支持，一定可以把同向同途但目的不同的两个人整到一起。"宋清平说："回头我把证据清单发给你，你按单子来，整齐活了通知我！"

章则和韩雯还没到家，韩永春的电话就先到了。章则听完韩永春的叙述，脑袋"嗡嗡"作响，他觉得命运就像一场幽默荒诞却又冷酷无情的悲喜剧，天成的剧本让人身不由己参演而不知结局，虐心，不可退场！一旦扮演反派，完全不可能反转，并越来越恶。韩雯问："韩永春搞定了？"章则长吁短叹地回答："搞砸了！他遇到刘敏捷了！"韩雯莫名其妙："遇到刘敏捷怎么叫搞砸了？不是早搞定他了吗？"章则丧气地说："那个孩子是他的，那个女人是他的。我的罪恶可谓罄竹难书啊！开除了一个老实巴交的人，撞伤了他的女儿，祸害了他的女人！这成了死结啊！"韩雯依旧不解，问道："他看见韩永春，又没看见你，所有的信息都在我同学那儿，她不可能告知刘敏捷的。你这一心虚，整个人也虚脱了，自己吓唬自己，还吓唬别人。"章则说："你那个同学就是一个百分百的医生，即使脱下白大褂，也还是个医生，不可能成为俗人。她拒绝了我的请求，理由就是我没有权利打听孩子的信息。"韩雯就着章则的观点说："既然连老同学都拒绝，那她也绝对会拒绝刘敏捷，就像你说的，她就是个绝对的医生。"

章则长吁短叹地说："她还有一句话，她说刘敏捷和他老婆有权利知道献血者是谁。刘敏捷是个老实的网络工程师，他的性格中有很强的职业特点，所有思考就像芯片，丝丝入扣，一般默默无语，一旦爆发则会导致系统崩溃！最要命的是，他的芯片性格还不会转弯。韩永春此时去医院，就在这个孩子的病房外，加上你也给姚娇打过电话，以他的逻辑能力，绝对能联想出一系列的关系。如果他要盘问姚娇，以姚娇的性格和观点，她不可能拒绝刘敏捷。而且从法律上讲，患者的监护人的确有绝对的法律权利知晓献血者的信息。"韩雯此时也开始紧张，她拿起电话打给姚娇，她得知道确切的信息！她处理事情的风格永远是掌握主动权，先入为主，尤其是攸关韩家利益的事！

此时的姚娇看着桌上的手机闪烁着韩雯的名字，她陷入了犹豫。她从来不会拒绝接听电话，她永远是坦诚勇敢地面对一切，就像她的手术刀，任何疾病，只要她决定动手，绝对义无反顾！可现在，她不知道是否应该接听，因为她知道她这个同学临走没有打招呼，而此时来电，绝对和孩子有关。关于孩子，关于刘敏捷、江纾媛与韩雯、章则这种错综复杂的关系，的确超出了她所有的想象。告诉刘敏捷底牌，她完全是基于道德，但现在，除此之外的任何信息，都有可能引发不可预料的新的波澜。自己的任务就

是治病救人，其他的事，尤其他们之间的事，她绝不能再参与。医生不参
与、不卷入任何纷争，这是底线。她看着电话，默默念叨："对不住了，
老同学也不能坏了医生的规则。规则拒绝友情的破坏。"

　　韩雯看着一直在通话中的手机，自言自语："是在做手术吧？""我
可以打赌，她绝对是故意不接！你后面还可以继续打！"章则肯定地说道。

　　魏雅思准备告别，她在病房再三嘱咐江纾媛，不可突破做人的底线，
再大的利害关系都不可以诱使人撕毁承诺。更何况世风日下，所有坏人都
在伪装成好人，偶然失足的好人想改过自新，一定不要把他们的路堵死，
让他们沦为绝对的坏人。章则与韩家不是那种不可救药的富人，应该给他
们机会，得饶人处且饶人，整个社会都应该如此。江纾媛回复："是啊，
刘煜这场大病，表面上是这场车祸引起的，但实际上她已经病入骨髓，这
次不发作，将来还会有无数种可能诱发此病。章则是个十足的混账，毁了
我的人生和幸福，我也有一百个理由将他千刀万剐，可你说得对，要允许
恶人以善弥罪，否则没有回头路的恶人会更恶。当时他害了我，可没杀我，
我还活着，他也算救了刘煜，他没有因为极端的自私，就像缩头乌龟那样
躲在阴暗的角落里。刘煜还活着，而且从孩子的角度，她以后还有可能发
病，他的血还有可能继续救孩子，我们就不扯了，不能把孩子未来的生路
都给堵死了。"魏雅思说："对啊，你要用这个观点唤醒陷入执念的刘敏
捷，我回去以后也要把我们家那个讼棍敲醒。"江纾媛则劝慰魏雅思："别

为难你们家那位了，他是个难得一见的好律师。就像你说的，要允许人选择。如果刘敏捷执迷不悟，而他又固执己见，'天要下雨，娘要嫁人'，由他们去吧！"魏雅思不同意江纾媛的观点说："那不行，关键的时刻，女人要拉住那些任性的野马！"

江纾媛送魏雅思离开后，返回时在病房门口遇到了还在等候的刘敏捷。刘敏捷现在归于冷静，他告知江纾媛，他必须在五天内完成有关章则强奸的所有证据搜集并告发章则。他知道她现在犹豫不决，也不逼迫她马上答复，但他希望江纾媛做到以下几点：第一，证据收集齐全后，她可以不出庭作证，但必须在起诉书上签字；第二，这段时间，无论章、韩两家及中新集团任何人找她，她都不可以见他们；第三，五天的时间内，孩子拜托她了！如果五天内，江纾媛以行动拒绝了他的提议，他们从此将成为路人。江纾媛说："孩子现在只是暂时脱离危险，那个家伙的血将来还有可能为孩子续命，你把他送到监狱，就等于断了孩子的生路。为了孩子的以后，可否放下？"刘敏捷说："孩子应该拥有一个没有干扰的、完整的、幸福的家，你可否为了这份完整，把那些所谓的被洗脑得不着调的想法都放下？而且我告诉你，魏雅思说他不算不可饶恕的恶人，还心存善意，那我们可以来个真正的人性测试。这次判他有罪，但不会被枪毙，他进监狱后，如果将来还愿意为孩子续命，完成他的自我救赎，我刘敏捷愿意每天为他送牢饭。"

江纾媛见刘敏捷完全没有沟通的可能，她又实在无法责怪刘敏捷，作为男人，深陷嚼齿穿龈之恨，如何迅速恢复宽宏大量。她必须在选择家庭和选择践诺，同时还要面对理智、道义、仇恨与无奈等多重对立的折磨，她的情绪几近崩溃。江纾媛痛苦地求刘敏捷："放下吧，一切都是我的错。你要打要罚，任由你处置，我绝无怨言。只求让刘煜安然渡劫，无病无灾地度过一生。我江纾媛身为人妻未守妇德，无颜面对自己的老公，身为人母，未尽亲责，愧对自己的孩子，我愿意承担一切罪责。你要打要罚，任由你处置，我绝无怨言。"

刘敏捷看着江纾媛歇斯底里、悲痛欲绝的样子，既怜爱又暴怒。他看见自己曾经发誓钟爱一生的女人如今在自己面前捶胸顿足、哀天叫地，实在是于心不忍。但越是难受，刘敏捷内心越迸发出对章则的痛恨——自己陷入这种撕心裂肺的无妄之灾，全部拜这个衣冠禽兽所赐！刘敏捷也开始无法自控，他近乎咆哮地喊道："不，你，我，我们一家全是积善之人，我们没有错，我们凭什么要为这般狼心狗肺不得好死的歹徒自责埋单？我要让他知道，欺人太甚，必遭反噬！让他尝尝老实人的反抗，感受被惹急的兔子那锐利的牙齿。"刘敏捷说完转身就走。

韩雯直到回家，也没有打通姚娇的电话，她开始感觉章则的判断是对的。这也让她断定姚娇已经向刘敏捷告知了实情。现在她的思路又重新从侥幸转到应急的界面。这是韩雯的性格，一旦从消极的防御状态转入博弈，她的情绪也会从消极转为亢奋和积极。她有她自定的座右铭：只要将一个人内心的态度由恐惧转为博弈，就能克服任何障碍。她开始迅速设定种种负面的情势，并设想各种破解的方式。她想到刘敏捷有可能谈判，不管是勒索还是补偿，这都可以轻松化解，这个世界上能用钱解决的问题都不是问题；或者她主动出击，彻底用钱搞定刘敏捷，甚至搞定那个孩子的归属。在韩雯的世界观里，在穷困潦倒的生活线上顽强挣扎的人，最终都挣扎不过财富的诱惑。再不济，就算刘敏捷执意要告，以她和江纾媛的一面之缘，再加上姚娇曾经告知江纾媛并无意起诉，只关心孩子，针对这个性格，韩雯觉得自己可以搞定江纾媛。只要江纾媛不同意或者不认可性行为是被强迫的，刘敏捷就无可奈何。退一万步，就算这夫妻俩铁了心要告，她也可以从法律人脉资源入手。韩雯前思后想，不外乎这几种可能。谋定而后动，她对垂头丧气的章则说："没事，没有什么事情可以威胁韩家。"韩雯把几种设想全部告知章则，而章则此时根本无意考虑如何对付刘敏捷，他满脑子就是想彻底解脱，彻底挣脱罪恶感的重负，只要刘敏捷告，他绝对配合认罪！以良心和诚实换来的直面痛苦，要比以权术和阴谋换来的苟且更安宁幸福，一个没有任何道德背负的囚徒要比承受心灵折磨的自由人更空灵、更洒脱。所以他对韩雯的解套之术完全心不在焉。章则对韩雯说："算了吧，顺其自然，与其机关算尽，倒不如坦然面对。善恶之报，自有天定。与其每天生活在心灵的枷锁中，还不如让枷锁捆住身躯。"韩雯听到章则此刻自暴自弃的话，勃然大怒，再次指责章则："从你放纵身体的那一天起，你的身体已经不再属于你自己！男人不能既要性自私又要心自私，如果都要，那就是卑鄙龌龊的人渣。"

韩永春再次为章则解围。就在韩雯呵斥章则时，韩永春返回韩家。刚才还在训斥章则的韩雯立马将没有说出口的一腔怒气迁到了韩永春身上，责骂他引发了所有的祸端，而且一点小事都能办砸，让他立马滚蛋。章则见怒不可遏的韩雯失去理智，完全一改昔日遭逢大变波澜不惊的本色，赶紧为韩永春辩解，说医院的事也是一个意外。韩雯依然嚷嚷道："世界上所有的意外都是必然，哪来的意外？如果他养成了守法严谨的习惯，他会撞人吗？会出这个纰漏吗？"章则知道韩雯实际上是指桑骂槐，但他敢怒不敢言。

韩永春默不作声，他已经猜出刘敏捷掌握了全部的真相。他这个时候绝对不敢招惹韩家公主。等韩雯的暴雨接近尾声，韩永春小声建议道："现在不是发脾气的时候，而是解扣的时候。""你拿什么解？难道你还能有比我高明的法子？"韩雯鄙视韩永春说。韩永春没受韩雯情绪的干扰："那怎么可能比你高。我回来的路上只是在想最后的防线，在所有的路都走完了，如何不让章总面临法律风险。"韩雯说："别在这卖关子。"韩永春说："那件事发生到现在已经十五年了，好像有个什么追诉期的说法，我查了一下，追诉期最多只有十五年。过了这个时间，即使想追责也无效了。"韩雯屈指一算，从章则当晚连夜出走犯事，到现在离十五年还差五天。韩雯禁不住对韩永春说："你这倒真是个思路，只要过了这五天，万事大吉，应该有办法拖过这五天。现在得搞清楚刘敏捷夫妻现在究竟意欲何为？我们是主动出击还是等他们上门？"韩永春回复道："刘敏捷这小子属于那种碓窝吞下肚——实心眼，完全没法打通，如果坐等他上门，他又不来，那时候就被动了。"韩雯说："那就按我说的，主动出击！你先出面找刘敏捷，我去找一个能搞定所有的律师。"韩永春不解其意："我们公司的律师就可以胜任，何必找外面的？"韩雯教训说："家丑不可外扬，懂吗？"

魏雅思离开医院后，径直到律师事务所附近的咖啡店的一个私密包间。这是当年她做《法与情》法制专栏节目时采访宋清平的地点，也是他们二人爱情的起点。魏雅思不喜欢带有诉讼性质的法律，但赞成具有校正性和调解功能的法制，她总认为诉讼性的法律是一种桎梏，锁住了所有的人格和主体之间的和谐互动，每一个求助于诉讼的人都带有斗争的心态。宋清平和她聊过法律的问题，说帮人排忧解难的是办法，让人走出困境的是方法，让人自由的是法律。可魏雅思怼了这个提法，诉讼的赢家貌似突围，可输家呢？越陷越深。最要命的是，输赢就一定是公平合理的吗？如果是建立在不公平的诉讼上的输赢，怎么可能助人突围？所以在魏雅思看来，这个地方，来的人大多是来找律师咨询如何诉讼的，这就是争斗的窝点。她甚至对宋清平说过，如果她再来此地，一定是带有善始善终的目的。她几乎是命令般的让宋清平来此谈判。在等宋清平的时候，魏雅思组织了一大堆既充满人情味，又充斥着游说力的理论逻辑，准备恩威并济，改造宋清平。为此，她买了九束死玫瑰，准备在谈判陷入僵局时以示诀别。

宋清平知道魏雅思的用意，他并不想赴约。他知道魏雅思的性格，不达目的誓不罢休，但又无法推托，毕竟他非常宠溺这个妻子，虽然他们之间观点不尽吻合，但两人身上散发的正义的气味捆绑彼此，尤其是魏雅思的泼辣大胆、不加修饰的仗义耿直，夹杂着男人豪放与女性温柔的合体的香味勾引着他的灵魂，所以，他必须到场并把爱情的动作做大。宋清平赞成女人要呵护，呵护的方式就是哄她开心，所以他特地在隔壁花店买了鲜红的、象征浓烈爱意的玫瑰。同时，他还拟定了两条底线，法律以外的世界都属于爱情，法律之内的空间属于自己。但宋清平无论如何也没想到，魏雅思的方法论中有一则切割了法律内外的空间，他也淡忘了魏雅思之前说过的善始善终的话的意义，他也根本不知道死玫瑰是什么，更不知道魏雅思就在同一个花店买了死玫瑰。

宋清平进来时，魏雅思已经点好了咖啡。她特地让咖啡师用拉花缸将咖啡的表面做成母子相拥的简易图形。宋清平进来后的第一个动作就是递送玫瑰。魏雅思笑纳后，也非常开心地将咖啡推到了宋清平跟前说道："大律师，这咖啡的浓度和玫瑰的艳度彼此都很适配吧！"宋清平一边端咖啡喝，一边连连说："高度适配，绝对互补，深入融合，不可拆分。"魏雅思指着咖啡的表层母女相拥的图案在宋清平喝了以后开始残损的样子，对宋清平说："你看看，这母女相拥的图案多美，我这杯真不忍喝，一喝就破坏了！"宋清平忽然意识到了魏雅思的用意，停止喝咖啡。他对魏雅思说："怎么办，我这已经破坏了，可买了不喝，浪费金钱和资源既辜负了社会消费规则，也不就破坏了你的一番美意？"魏雅思听宋清平这般说法，知道宋清平已经知道自己的用意。但她还是没有直接挑明话题，这是她事先预构的谈话方式，她说："在现实生活中，母女在极端状况下得到来之不易的和谐被打破是很残酷的，将来我可不希望因为外力给我们的生活带来残忍的折磨。我突然有个想法，我们以后可否实行丁克？"

宋清平说："我反复表达过我的生活观点，法律问题由我解答，爱情问题归你定义，这是爱情话题，由你定，不过我可以谈看法。生活中不能有太多因噎废食的做法，比如，因为种种原因采取丁克模式的家庭，这与我们当下的社会发展需求不太适应。'噎'与'废食'之间没有必然关系，就像喝咖啡一样，不能因为图毁了，就不喝这已经购买的咖啡，这种因为观念和心理破坏忌讳而去实施更大的实体破坏，更是一种社会忌讳。"

魏雅思第一番心理逻辑试探已经有点眉目，便单刀直入地说："刘敏捷、江纾媛与刘煜之间，以及他们与中新、章则、韩雯的这层关系不是如此吗？现在的实体是孩子在电视台的影响下得救了，章则虽然有罪，但他补过行为的善的积极意义和价值与曾经恶的消极破坏相比，显然积极性大于消极性，而且受害人也无意去追究。刘敏捷就是因为自己的心理忌讳去打破了现在已经归于平静的实体忌讳，你作为律师却参与这种破坏，这应该吗？"宋清平说："这应该分几个层次来讲。首先，我的行为我已经做过说明，我不是为了满足刘敏捷的心理忌讳，帮他解决'绿帽子'的道德疑问和恩怨，我只是依照法治社会的基本原则和底线处理当事人的法律诉求，这是律师的基本原则。其次，律师不鼓励诉讼，诉讼之累不仅于个人，更是对社会资源的消耗，但不能拒绝诉讼，诉讼不是你说的斗争，而是一种是非曲直标准的公共裁判。诉讼的保障体系是扼制不遵守公正裁判的强制措施。每一个人以自己的角度判断是非，都认为自己就是道义和真理，这是个体的自私与狭隘所致，诉讼就是以法制弥补这种自私与狭隘带给他人的伤害。有可能这种带有裁判和强制性质的权力行为，在一部分人那里被认为是相对不公正的，是恶；但在更普适化的层面上，则是公平与善。我参与这个诉讼最大的理由是，任何人都必须为曾经的违法行为付出代价，不可以任何方式免责，包含权利、金钱，所谓的道德救赎。古人云：‘法分明，则贤不可夺不肖，强不得侵弱，众不得暴寡。’康德说过：‘世界上唯有两样东西能让人的内心自我敬畏，一是头顶上灿烂的星空，二是内心崇高的道德法则。’这对于我来说，是任何人都不可撼动的。对于民众而言，‘法者，天下之仪也。所以决疑而明是非也，百姓所具命也。夫立法令者，以废私也，法令行而私道废’。这也应该是任何人都不可以撼动的。"魏雅思知道一旦开谈法律，宋清平就像教授，所以她也有备而来，她说："别以为就你懂得法理，古语有云：‘疏法胜于密心，宽令胜于严主。’对于无法准确界定的惩罚，应该尽量谨慎地使用刑法。霍布斯在《利维坦》中也说：‘法律之明了，不尽在其条文之详尽，乃在其用意之明显，而民得其喻也。’法律要在一定的范围内使民众悟出法律的尊严，而不要过度施用刑律，让人用肉身戴着刑具感受法律的严酷，让人无法回头。还有，王夫之也说：'严以治吏，宽以养民。'对那些作恶多端、不知悔改的歹徒、贪官污吏和严重危害大众和社会利益的不法分子，的确应该严打；于一般民众，法律应该有所区分，网开一面！"魏雅思说完，扬扬自得地为自己精彩的论述暗自喝彩。

宋清平笑了笑，继续喝咖啡："看来你真备课了。职业信仰和理论教条之间的论道比较复杂深刻，一时半会儿很难论个究竟，咱俩就别在这论战了！关于这个案子，只要刘敏捷不罢休，我肯定得接。用你的话来说，这叫言而有信。你说过，法律的地盘属于我，这次你就礼让一次。而且我也承诺过刘敏捷，不能食言而肥啊！"魏雅思见无法说服宋清平，只得拿出杀手锏。她从座位后拿出死玫瑰，递给宋清平说道："好，就给你一个'礼让'！"宋清平不知道死玫瑰的寓意，笑着说："我送你的是鲜活的玫瑰，你还我干枯的，不对等啊！"魏雅思脸色铁青地说："这叫正副对撞，绝对对等，这是死玫瑰，你可以上网查一下。借用你的话，爱情的地盘是我的，我说了算。这不是法律问题，这是道德伦理和人性的问题，是社会之爱的话题。如果你查清楚死玫瑰的意思，愿意复活，我等你。总之，刘敏捷案子开庭时，也是我起诉你离婚案开庭的时候。"宋清平这时才意识到严重性，他没想到魏雅思竟然会以这种置之死地而后生的方式拿感情与自己对抗。他既不解也委屈、埋怨。宋清平的脑袋就像开庭一样，飞速旋转，他很快冷静地做出了判断：魏雅思不会真的意气用事，他认为他们俩的爱情不该是空心球一吹就破吧，而且他们不是简单的恋爱，是已经在法律上的不可任意拆分的关系。他还在想，如果他们之间的情感脆弱到仅仅就一件案子的处置观念不一致就分崩离析，这种爱的价值就该大打折扣。他决定先和她智斗，棋逢对手才过瘾。爱情的双方有时就是对弈的棋手，旗鼓相当，才会在互相欣赏时产生多巴胺。如果一方棋力太弱，多巴胺转瞬即逝。这也像对簿公堂一样，对手的法律水平太差，念答辩词的兴趣都索然无味。想到此，宋清平还是笑着说："这样看来，我得拒绝你的礼物。而且我要用你的话怼你啊，所有意图以诉讼方式解决矛盾的人，都缺乏善意。"魏雅思见一场精心策划的谈判无果，非常失望，她悻悻且愤愤地说道："我送出去的东西，不在于别人是否接受，告辞。"魏雅思将死玫瑰扔到宋清平跟前，拂袖而去。

在往回走的路上，魏雅思也趋于冷静，开始思考——连离婚都无法阻止宋清平代理此案。她得与江纾媛合计，如何从法律上阻止，比如让江纾媛拒绝承认被强奸，这是要素，可难啊！江纾媛拒绝承认被强奸，岂不是自证道德品质败坏？这不是在人格上凌辱她吗？一个女人已经在肉体和灵魂上被双重碾压，如果再在伤口上撒盐，无异于杀了她！还有互联网上的陈述，如果自我否定，无异于公开撒谎啊。互联网都是有痕迹的啊。那么，还有其他方式可以阻止刘敏捷吗？她开启她的所有逻辑知识，苦思冥想。

刘敏捷离开后，竭力让自己的情绪降温。愤怒的人出招，往往会错上加错。他决定拟定步骤逐一落实，先根据宋清平的暗示，去姚娇那里取章则的输血记录和验血证明，而且要原件，这是章则强奸结果的铁证。他之前帮助中新集团做过网络侵权案件诉讼，法庭证据应该要原件。姚娇无法拒绝刘敏捷，她知道刘敏捷的用意，虽然很想劝刘敏捷收手，但她觉得自己不能卷入太深，医生主责是救命，没法根治灵魂。姚娇简单地告知刘敏捷，将来刘煜回家后要仔细观察，其间还要稳固病情，这个输血者要与他保持联系。刘敏捷也知道姚娇的潜台词，但现在他满脑子全部被自己的悲惨填满了，根本也不愿意接受任何反驳。刘敏捷回家后，在电脑上整理所有的资料，根据强奸罪的犯罪认定标准，有一个重要依据就是受害当事人的自述。江纾媛在医院讲述时他没有录音，假设江纾媛不愿意起诉，自己再要求她重新复述被强奸的过程，基本没有可能。他想起江纾媛的那两场直播，应该可以想办法找到链接。于是刘敏捷立刻上网搜索电视台的直播频道，试图回放，可内容居然"404"了。他在其他热点上四处搜索，除了有点零星的标题，其他内容都无法打开。他有点懊恼，他知道有可能是魏雅思插手了。江纾媛无论如何也不具备这个能力的，在短时间删除覆盖屏蔽一条热点新闻，而且以她现在焦灼痛楚的心态，也不可能如此周全地想出这种堵路方式。刘敏捷认为，江纾媛有可能不配合，但也未必会刻意破坏自己的行动，甚至与章则联手。如果是与章则联手，那整起事件的性质就变了。刘敏捷竭力阻止自己朝这个方向考虑。倘若有这一丝可能，那他真的就是妻离子散了！他也想到去找章则，利用他残存的伪道德，以和解的名义签保证书。可他脑子里一出现章则的模样，就怒从心头起。刘敏捷觉得一旦再和章则见面，他会杀了章则，而且用阴谋耍奸猾不是自己的作风。

正当无解时，刘敏捷接到了韩永春的电话。刘敏捷犹豫是否要和这个小人接触，他思考后决定要知己知彼。刘敏捷接听电话时打开了录音键——从这个时候起，所有的电话他都必须录音。韩永春没有说太多，只是想请他喝茶，聊聊事，地点在中新酒店。刘敏捷骂道："那里不干净，去心无旁骛咖啡店，那儿有雅间。"韩永春此时已经没有了之前的飞扬跋扈，连声同意！

韩永春提前到达咖啡店，他必须确定周边的环境，订好包房，保证没有任何方式能泄露谈话内容。在来的路上，韩雯已经告知拖延到五天以后的所有方式，其中也包含她打算处置与江纾媛关系的具体方式。她还告知韩永春，网上已经看不到任何关于这起事件的信息，她判断这一定是江纾媛和那个女主持人的手笔。韩雯有预感，她可以让江纾媛放弃陈述，所以无论如何，与刘敏捷聊天时，切忌被录音，她给韩永春下了最后通牒，如果这次再干砸，中新集团就会将他扫地出门。

刘敏捷进来时，韩永春正殷勤地为他点烟倒茶。但刘敏捷看见中新集团的人就心生厌恶，他冷冷地拒绝了韩永春的动作，直奔主题地问韩永春有何阴谋，他和他就来个阴阳对决。韩永春说自己的来意是谈该如何补偿刘敏捷全家，数字由刘敏捷开口，补偿不需要协议，理由就是加大车祸赔偿和离职赔偿，不涉及其他原因。刘敏捷骂道："你觉得强奸有用钱补偿的可能性吗？如果真要补偿，只有一个方式——依法入狱或者投案自首。

章则这个王八蛋自命清高，如果真清高，真有赎罪感，就不要劳烦我大费周折送他一程。"韩永春心里早有盘算，无论和刘敏捷聊什么话题，绝不搭茬儿任何"强奸"类字眼，只谈补偿，绝不发火。他笑容满面地说："孩子未来彻底康复需要大量的资金。这个世界上，幸福的唯一保障就是足够的金钱。中新集团愿意拿出两个一千万，一千万给孩子，一千万给你们这个小家庭，你完全可以开一个元宇宙公司，这是你最为擅长的。以后资金不够，中新集团还可以做风投，不需要回本。一个衣食无忧、生命无虑、家庭和谐、事业有成的男人才是荣誉，如果这个数字还觉得少，你还可以开口。"刘敏捷来之前就盘算好了，只要韩永春承认章则强奸的事实就行，并顺势让他说服章则写一份保证书，绝不再骚扰受害人，而自己不要补偿。不要补偿这也是他内心意志的确立。穷人和富人之间唯一可以斗法的领域，就是精神气节与人格，尤其是人格！刘敏捷必须在人格护卫战中打赢！他觉得宋清平认为自己仅仅是出于报复，这完全是曲解了自己的人格，但他无意和宋清平争论，只要宋清平在实际上帮他战胜了这个恶棍，他怎么曲解都行。至于韩永春谈的天价补偿，非但没让刘敏捷有一丝动容，反而更添仇恨——他恨这些利用金钱欺凌他人的富人，他一定要用铁窗之痛教训章则这类恶霸！金钱不可以在任何领域横行霸道，再大的企业家，只要作恶，必被惩处。刘敏捷想到自己的主要目的，对韩永春改变了态度，免得把他骂急了，走了。刘敏捷对韩永春说："你别以为我不知道你们的算盘，一旦补偿成功，就免除了你们老板的罪行，孩子还和他有了血缘关联，这样他还会借势不断骚扰，我这辈子的噩梦何时到头？"韩永春似乎从刘敏捷的话里听出了一点转圜的空间。既然刘敏捷担心章则今后还会纠缠，韩家可以做个承诺，绝不纠缠，先渡过眼前的危机。至于将来孩子何去何从，只要章则没事，就还有可能出现意想不到的情况，一切可以从长计议。但韩永春已经被命令不能谈有关强奸的话题，万一被录音岂不是麻烦？于是他对刘敏捷说："这样，我有个提议，以下谈判，我不希望有任何被录音的情况出现，希望我们都能关机。"刘敏捷见韩永春貌似上钩，顺着说："行，我光明磊落，不会像你们中新集团干这种小爬虫的勾当，我同意关机，我倒要听听你们的一肚子坏水里还能够倒出什么纯净水来！"刘敏捷说完，关掉手机。韩永春说："你担心章则对孩子纠缠，我尽量游说章则在和解书的基础上另签一份保证书。"刘敏捷必须达到自己的目的，他坚持说："不仅是保证书，还有道歉、忏悔，为他当年的强奸行为道歉。"韩永春守着字眼说："道歉应该没问题，章总一直在为曾经犯下的错误忏悔。实不相瞒，我们家那个酒吧，章总盘下后就是想有机会再遇到后向她道歉。"刘敏捷一脸恶心地说："那我等你消息。"

刘敏捷将与韩永春的对话过程告知宋清平，并请教宋清平有关取证的合法性，比如偷偷录音。宋清平说："我再次提醒你，我不会告知你如何取证，但可以回答法律法规咨询。偷录的音频资料只要不侵害他人合法权益或以违反法律禁止性规定的方法取得，就可以作为证据。然而要成为法院认可的证据，需要满足一些要求，如录音或视频未被剪接、剪辑，前后连接紧密，内容未被篡改等。此外，录音资料的来源是否可靠，形成时间、地点，是否与其他资料形成关联性，内容是否真实可靠也需要考虑。偷录的音频资料可能因其不符合取证手段的合法性而不被法院采纳的情况也有案例。另外，强奸案属于重大公诉案件，当事人即使弃权，只要证据齐全也是可以提告的。"刘敏捷说："感谢，那我核对下我的方式是不是合法。"宋清平问："你不是说你关闭手机了吗？还能录音？""我可是学网络技术的，我琢磨了一下，自己录自己的手机，应该没有侵害他人利益。我现在需要做的是找一个法院认定的网络技术鉴定机构，鉴定我的音频资料是未被剪辑的原件，并公证加急。"宋清平在电话里笑着说："法治社会和网络社会居然可以把一个理工男培养成法律男，我真不知道是进步还是悲哀。"

刘敏捷返回家中，从手机里导出录音资料，然后开车进入网络视频检验所检验音频的时间。

与此同时，韩永春也返回家中，向韩雯完整汇报了和刘敏捷的谈判结果。韩雯问刘敏捷："你确定刘敏捷没有录音？"韩永春肯定地说："我看到他关机了！"韩雯则表示疑虑："刘敏捷是网络技术工程师，你能担保他在关机状态下，不利用软件实现录音吗？"韩永春认为韩雯有点过虑："姐，那是侦查部门才可以做到的，他有这个能力吗？我们是不是有点杯弓蛇影的状态啊？再说，我也只是第三方，又不是当事人，而且整个过程我也按您吩咐，没有说任何敏感词。就算他真有这个神通，也不作数啊！"

韩永春不敢在韩雯面前提"强奸"这个很敏感的词，所以这个词用了一半就缩回来了。同时他猛然想起，最后与刘敏捷达成口头协议时，自己似乎应和了一句强奸的内容。但韩永春不敢实话实说，韩雯之前警告过他，一个强奸之类的字眼也不能应和。一旦有违韩雯的命令、出现新的闪失，他恐怕真就在韩家没有立锥之地了。一旁的黄律师提醒韩永春："虽然你说的话不构成法律直接证据，但如果与其他关联事实形成证据链，同样会影响案件的走向。所以你所说的每一句话、做的每一件事，从现在开始都应该不打折扣全部相告，这样才有助于我们这个律师团队做出最有效积极的应对。"

韩永春此时觉得黄律师就像 X 光，故意哪壶不开提哪壶，拆穿了他竭力隐瞒却不敢吱声的机密。但事已至此，他必须强作镇定，绝不能让韩雯察觉他内心的"小九九"，从而逼问自己。心虚的人是经受不住拷问的，何况是在韩雯这种可以洞察心机的女人面前。韩永春对黄律师说："我只是在假设，并不意味着已经发生。后面我会严格遵守游戏规则的。"韩雯逼视了韩永春一会儿，想要从他神色中看出一点端倪，但韩永春愣是淡定自如。韩雯对韩永春说："你必须明白的是，现在不仅是法律问题，还有韩家的荣誉，万一强奸一事被网爆，那韩家将无地自容。"韩永春点头哈腰："是的，堂姐。我一定牢记您的嘱咐。那和解的事究竟该怎么决定？"韩雯对黄律师说："我的意见是，有关和解一说，章则可以签，但所有措辞内容必须由律师主导。至于保证书，要留下可以转圜的余地。章则可以承诺不再纠缠当事人，而且这是必须的，但韩家在孩子的问题上，还是得留有余地。"黄律师说："我赞成。其实最关键的节点是案件当事人对这个案子的认知，此案最重要的定性是违背当事人意志发生性行为。我个人主张应该将刑事和解与认定排除工作一起完成才是绝对的风控。"韩雯问："也就是说，和江纾媛的谈判应该同步进行？"韩永春担心韩雯让自己再去与江纾媛对话，于是说道："这个谈判恐怕更重要，而且和女人聊，还得女人出马，女人知道女人的心思和痛点。"

没想到韩雯很爽快地应承说："好，没有问题。我个人判定江纾媛整体上是个善意的人，而且比较务实，一个务实的善人是很容易找到突破点的。我复盘了黄律师保存下载的直播视频录像，她发过誓，绝不追究当事人。善人还有一个特点，就是尤其注重面子和诺言。"黄律师说："这个视频目前已经在网上被彻底屏蔽了，这事应该不是中新集团的行为吧？"韩雯说："我们没法出面干这事啊，那不是不打自招吗？"黄律师说："那现在唯一有屏蔽视频动机的人，应该是江纾媛。但她本人应该没有这么大的神通，所以应该是她那个主持人朋友，这有可能印证了韩总的判断——对方的诉求已经达到，希望淡化此事，这应该是基于保护孩子的目的。这种做法显然不是那个刘敏捷所为，因为这段视频是江纾媛个人关于自己被强奸的阐述，这是一个很直接的有关女方被他人强奸的自证。刘敏捷的律师绝对不会鼓励刘敏捷干这种自毁证据的事。但不管怎么样，这有利于韩总即将开展的游说工作。"

进退两难

善行应该无所顾忌、不计得失，否则就是伪善。

魏雅思到医院找到江纾媛，愤怒地吐槽宋清平。江纾媛感到亏欠，因为自家的事，将另一个原本毫无瓜葛的幸福和睦的家庭卷入了纷争之中。江纾媛连连说，罪过，罪过。魏雅思说："别说这些没用的话，现在唯一能终结刘敏捷的疯狂的就是你。"江纾媛惊诧莫名地说道："我哪有能力阻止他啊？老实男人倔起来比驴更犟。"魏雅思说："那我直言不讳了，如果不中听，你也别怪我。刘敏捷再怎么样绞尽脑汁整章则的材料，这个强奸案能否入罪的关键，就是你是否承认他强奸。"江纾媛脸上的表情有点难看，悲痛万状："我明白你的意思，可这是个无法破解的难题啊。且不说精神折磨，按你的说法，我只有不承认被人加害，才能终结这个案子。可这不是事实，人不能撒谎啊。而且我不承认的话，岂不是通过互联网在全世界面前打自己的脸？且我要是不承认，那就只能反证我是自愿和那个肮脏的男人苟合，你让一个女人扭曲自己的灵魂，满世界游街示众？哪个女人能丢得了这个脸？而且我又该如何面对刘敏捷？我现在已经不怕他再把我的灵魂碾碎，但我怎么可能自己把自己碾碎了再给人去践踏？是的，为了刘煜的名誉，为了不让她幼小的心灵蒙受阴影，我应该尽量让这件事隐入尘烟。可我不能因为一个罪人做了一件弥补罪行的事，而不顾底线地拯救这个罪人。我前思后想，唯一能选择的就是闭嘴。既不去证明谁是罪人，更不去证明我是贞洁的罪人。"魏雅思见江纾媛痛楚不堪，非常心痛地抱住了江纾媛。

魏雅思此时也是痛彻心扉。现在，所有事都陷入了死循环，刘敏捷绝不妥协的追诉加上宋清平的执着仗义，站在各自立场上看完全是无可厚非的。而作为公众媒体人，她必须讲诚信，否则于公于私都是灾难；虽然她已经删除了所有的视频痕迹，但互联网是有记忆的，被删除的是物理介质，但被储存在心灵里的记忆是永远无法删除的。从道义上，对一个不算穷凶极恶并且悔过救赎的人，以近乎欺骗的方式对其进行报复，这既违背良心，也有失公允。唯一的解决方式，又只能是让自己最好的朋友雪上加霜。一向自视强大、傲视一切的魏雅思也陷于茫然，她开始动摇，甚至有点自怨自艾：为什么自己要卷入这场无解的纠纷？这完全是管闲事、落闲事。她想打退堂鼓，听天由命。但转念一想，自己毫无私心地帮朋友两肋插刀，而且救下了一个鲜活的生命，这是上天至德。善行应该无所顾忌、不计得失，否则就是伪善。魏雅思正要安慰江纾媛，突然一个陌生电话打过来。犹豫之后，她还是接通了电话，并按了免提。电话是韩雯打来的。韩雯在电话里直截了当地告诉魏雅思，她想请魏雅思出面约见江纾媛，就一系列紧要事宜与江纾媛沟通，她保证绝不为难江纾媛，一定会让这件事有一个圆满的结局。

正无计可施的魏雅思喜出望外，她非常想知道韩雯这个很厉害的女人现在的底牌是否有助于自己解困。魏雅思根本没有和江纾媛商议就回答韩雯说："可以，最好到医院来。"电话里的韩雯没想到魏雅思如此爽快而且让她上医院去谈。韩雯非常想看看那个女孩的模样，这对未来她如何处理这个孩子也有帮助。韩雯很快答应了。魏雅思挂了电话后，江纾媛有点埋怨魏雅思，说她不该答应让韩雯到医院，不能让韩雯或章则他们任何人见到刘煜。她认为，哪怕韩、章二人只是瞅到刘煜的影子，都是一种再伤害；甚至他们踏入这家医院，也是对她精神的施暴。而且她现在不愿意谈判，她认为现在任何与中新集团的谈判都会动摇她的决定。"世界上所有的难题绝不止一个解法，深陷迷局之人必须借助外因破局。你可以不让她到医院，但你完全可以听听韩雯葫芦里卖的什么药，或者就当你在帮我。"江纡媛看见魏雅思满脸愁容，也颇觉歉意。这位为她掏心掏肺肝胆相照的友人，如今却为一个善举进退维谷，而且原本是施助的角色，却要反过来寻求帮助，这有点残忍。江纡媛改变了决定，她说请姚娇托管一会儿刘煜，她去楼下的某个僻静处聊会儿，最多半小时。

韩雯在往医院的路上听到魏雅思说改了地点，心里虽然有点失落，但还是如约来到新改的地点。先行排除章则与中新集团的危机，这是当务之急。江纡媛再见到韩雯时，一改在交警队的文雅，先是推开韩雯推送过来的奶茶，然后火药味十足地对韩雯说："我不希望我们做什么交易，听完你的想法我就走人。"韩雯来见江纡媛之前就已经预设过几种有可能的场景，冷热暴力都在其中。她设身处地地想，觉得都可以接受。于是，她不温不火地回应说："我可以不谈交易，但可以谈看法与建议。交易是双向互动的，我所有的建议你可以拒绝。我今天不是作为某个男人的妻子，而是作为一个无法生育孩子的女人与你交心，所以我不忌讳所有的隐私，同时不想为男人的罪行开脱，更不会因为男人的错误而道歉。我只是想表达，孩子是女人生命的延续，刘煜的遭遇是我们姓韩的人家导致的，我们必须赎罪。我不赞成金钱可以脱罪，但理性地说，孩子的健康成长必须有绝对的经济保障，这无关金钱的道义。所以我想以一个没有孩子而且无法生育孩子的女人的心意，为孩子建立这个保护的屏障。我再次重申，这不是交易。请您理解我这样一个女人的想法。"韩雯讲这番话之前反复考量，自己该以什么样的角度与江纾媛聊。她认为不能提犯罪，更不能提章则，这样会引起江纾媛的不适，甚至是激发她的怒火，只有从孩子的生存健康角度去说。这个孩子未来的确需要强大的经济保障才能以防不测，从理性的思维，江纾媛有可能不抵触，甚至是接受自己的方案。只要接受，人心都是肉长的，就有可能消除江纾媛的防御。

江纾媛完全没有料到韩雯压根不提章则，更没有提及如何让她回应刘敏捷即将发起的诉讼，更没有任何对强奸案的致歉。所有的话题，都围绕着如何帮助刘煜战胜疾病、应对未来的人生。这让她事先构思的应对韩雯的话术全部失灵。江纾媛是个极其本分、毫无心机的人，她从内心赞成韩雯的提议。可她以现在的身份，实在不能答应韩雯有关此案的补偿，更不会去谈判，这会令她陷入无限尴尬的道德困境。一旁的魏雅思也没料到韩雯会来这一手"欲取先予"的手法，这的确是一个让人无法拒绝的方案。她略微思考以后回应说："我个人认为韩总的提议是善意十足的。我以为，您的善意应该超越此案的任何人，可以在实际效果上达成对儿童的关怀。"

韩雯和江纾媛都还弄不明白魏雅思的含义。韩雯毕竟老到，她对魏雅思说："愿闻其详。"魏雅思说："你可以拿这笔钱设立一项慈善基金，专门帮助救治全社会处于困境的关联病患儿童，在细节设计上可设计惠及类似刘煜的条款。我觉得这可以让所有人摆脱尴尬，也让一项有针对性的行为成为真正的善举。同时，对于这项基金的管理，出资人可以委托我们这种公众平台来管理。最重要的是，我们这个社会太需要这种将部分财富调剂到公共慈善事业的举动。"韩雯与江纾媛几乎都赞同魏雅思的提议，但江纾媛没表态。韩雯由衷地表示赞赏："魏小姐的确是个大智慧之人，而且充满善意。如您所言，这个社会也太需要具有善意的智慧。"接着韩雯一语双关地说："我们这个社会的确需要有善意去帮助患病的人得到救助和康复。"魏雅思明白韩雯的话的潜台词，回应道："是的。同时需要增强患者的自身免疫力，少感染疾病。"韩雯当然也知道魏雅思的所指，但仍然优雅地说："我赞成魏小姐的话。我希望这笔基金可委托魏小姐做管理负责人。"魏雅思拒绝："韩总，这恐怕得拂你美意了。这是我提议的，而且我也是有关人员的关联人。如果我担任这个负责人，又会让这个善举的动机变得不纯粹。我觉得我们这个社会需要提倡一种模式，叫道德回避。"韩雯一改矜持："我要发自肺腑地给魏小姐点赞，这个词发明得太好了，我们有太多的事情需要'道德回避'了。我佩服魏小姐的道德境界，一言为定！我们选个时间，还是做个捐赠协议。当然，低调、不发新闻还是我们中新集团的习惯，真正的善举都是天使隐形的翅膀。"

　　三个不同心境的女人因为一场苦难，并没有滋生仇恨，反而达成特殊的和解，三个人都对此有着自己的百味心态。江纾媛的心态最为复杂，而且是被动带入。一种不可自拔的痛苦似乎被某种行为抚平，但她分明感到，这种痛苦她一生都将无法屏蔽。她唯一的欣慰是，所有苦难自己都可以承受，但绝不能再附加在孩子身上。现在有一种方式从另一个层面上免除了对孩子的威胁，作为人母的她，悬着的忧心暂时放下。魏雅思呢？几分钟前还在因为自己的善意而给朋友带来心灵的折磨而自责，却被一场意外谈判的附带结果稀释。同时，因为这个附加值能够造福更多的人，还能推进当事人以一种能接受的方式向和谐的结局发展，这自然让她欣慰。韩雯则再次为自己事先制定的以退为进的策略得以实现而暗自庆幸。虽然魏雅思的临时提议属于意料之外，但是这比她的初始设计更为高明，效果更加积极，更令她乐见其成。最重要的是，她还暗藏了一个目的：黄律师告知她，只要江纾媛本人不出庭确认，对于案件性质的认定，也就是有关强奸案入罪的重要证据定义——性行为是否为违背当事人意志，法院就有可能因无当事人自证而不予采取。自己刚才提议择时签署协议，就是希望在刘敏捷起诉当日，她以此为由把江纾媛拖在协议现场，不出庭。这样双保险。她认为这样做绝不是阴谋，而是既达到了目的，又免除了江纾媛的尴尬，完全是一举两得。

刘敏捷这两天一直在整理证据，研究最多的是与醉酒后女性发生性行为是否算违背女性意志，但网上的解释还是很模糊，他决定还是要请教宋清平。宋清平解释说："要判断醉酒程度，如果是在意识状态或行为意识能力尚能自主的情况下，依旧要根据女性的意志。如果是在醉酒后已经丧失自我意识和反抗能力的情况下，男性与女性尤其是在户外与陌生女人发生关系，入罪是绝对的。这两种现行罪的现场定义，在缺乏现场辅助证据时，被害当事人的证词极为关键。我建议你还是要固定女性当事人的证述。"刘敏捷冷静下来也意识到江纡媛的两难与尴尬。但他反复告诫自己，任何人都不可阻挡自己拿下章则的决心。他决定要和江纡媛最后摊牌谈一次。现在对他不利的是网上所有的视频已经清零，所以他必须用江纡媛可以接受的方式拿到她的自证，而且必须确保她不当庭翻供。实在不行，他也得来点真格的。还有两天就是最后追诉期，他要去医院，而且他也想念刘煜。

刘敏捷来到病房，发现江纡媛不在，只有一个护士在陪刘煜聊天。刘煜看见刘敏捷进来，特别兴奋，但有点抱怨："每次醒来都没看到爸爸，我知道你很忙，要赚钱养家糊口，不怪你。"刘敏捷心里有苦又不敢对女儿明说，只有宽慰女儿，说很快自己就可以全天候陪宝贝了。两天后她就可以回家。刘煜兴奋地坐起来问护士，是不是自己还有两天就可以出院了。护士并不知道刘敏捷说的两天的特殊含义，她据实告诉刘煜："你的病已经没有大碍，处于观察期，如果你父母认为回家也可以达到观察效果，随时都可以出院。"刘煜兴奋地对刘敏捷说："爸，那我们现在就去办出院手续，我太想吃你做的油炸馅饼了。"刘敏捷眼睛有点湿润，几天前他还为刘煜做饼烫伤了手，结果自己沉浸在复仇的情绪中，以至于忽略了至真挚爱的亲情，隐隐约约自责。仇恨真的会令人丧失一切！但很快，他给自己找了一个理由：章则的罪恶已经超越了可以容忍的所有界限。他对刘煜说："那我们等你妈妈回来了，商量一下？听听她的意见？你妈呢？"

"我醒来时，妈不在这儿。爸，我怎么觉得我病了一场，你们的爱情好像也病了？"刘敏捷被乖巧女儿的话弄得哭笑不得，女儿聪慧细致，居然在半梦半醒之间，还能够观察感受到他们夫妻二人之间开始有了隔阂。此事无论如何不能让她知道，万一女儿得知究竟，一定会令其剧烈疼痛。他此时已经完全体察到了江纾媛的痛点。江纾媛到现在宁愿被他冷嘲热讽也不愿意配合他，理由就是不想祸及女儿。可悲催的是，自己没法与她共同分担这个痛点，因为他自己实在无法绕开一个男人的痛。人与人只有在同心圆上才能找到永远的交集。但此时刘敏捷已经萌生一条底线：此事无论如何，着实不能让女儿知道。父女俩正说着，江纾媛和魏雅思也回到病房。护士见状准备告辞，可是刘煜拦住护士说："我妈回来了，正好商议一下出院的事。我想现在就回去吃爸爸炸的馅饼。"江纾媛不知道之前的对话，但她看得出女儿现在非常想回到自己的家，那是她的空间。医院再豪华，哪里比得上家里自由与温馨，尤其还有她吃惯了的、每天由父亲煎烤的肉饼。父女情深啊，十五年啊，真的不能散啊！她也想让这温馨的一幕不断复制，从而消解眼前的不幸。她对护士说："麻烦您给姚大夫说一下，如果可以提前出院，我们希望立刻就走。"护士给姚娇打电话，姚娇亲自来到病房。她当着刘敏捷和江纾媛的面开好医嘱，签好证明。姚娇的眼神依依不舍，这是她的职业之光，她救过很多垂危的病人，她对每一个病人都有视为知己重生的感情。对于刘煜，她多了一重挂念，毕竟刘煜关联着很多人物不可预测的命运。她一面写医嘱，一面告诉江纾媛，按规划刘煜应该至少在医院待二十天，坚持观察治疗，但一则刘煜体质特别好，和骨髓供者的骨髓匹配高度融合，完全没有排异，二则在这种无菌仓里，费用实在太高，所以她同意他们回家观察。江纾媛看看医嘱，好奇地问姚娇："为什么只开了一点抗排异的药。""我不能阻止习惯和他人，但我永远约束自己。一个医生在病人出院签字时，意味着他们都已经康复。医生不能让健康的人吃药。而且有些医院有些药并非给对应病人吃的，都是一些很贵很好却无针对性的药。但医嘱上交代的要做好防护，这个你们做家长的一定要配合并督促孩子做到，尤其是外伤。同时，还要定期到医院做位点数和嵌合数值检查。另外饮食也要高度注意，出仓后多吃些黑芝麻。"姚娇平静地回答江纾媛。刘煜古怪精灵，要求也看医嘱："我得整明白，不然怎么配合你们？"江纾媛知道孩子的心思，她一直想清楚自己是啥病，但这的确不能让她知道。"这个是专门针对父母的医嘱，你小孩子家负责配合就行。"姚娇接着拿着出院说明，又对护士说："你拿这个，配合家属办理退押退费。"护士看看单子，把姚娇拉到一旁悄声问："这里面有很多配套的药和费用，医院都有考核，你怎么又划拉了？再说，他们的保证金足够支付。"姚娇小声说："按理说医院本应该医药分离，治病救人的只管救人，尤其是国家医院。这样，那些老百姓的保命钱才可以节省出来。别人怎么着，我管不了，可我得管好自己。"

魏雅思一直陪着江纾媛一家人回到家中。她看着这家原本享受着天伦之乐的人突然遭遇飞来横祸，如今表面其乐融融，实际上满是伤痕，不禁感到一阵酸楚。她不知道这一家子未来还有何变数或面临新的磨难。在江纾媛送她到楼下时，魏雅思忍不住叮嘱江纾媛："不能再折腾了，到此为止，一切为了孩子。"江纾媛心照不宣地点头，与魏雅思拥别。

刘敏捷烙好饼，陪江纾媛和刘煜美美吃了一顿，然后又和江纾媛把刘煜送回自己的房间。刘煜要求明天就去学校，她太想念同学了，她之前一直认为自己被现在的应试教育整得苦不堪言，一度厌学，但在经历了一段时间的停学后，她又开始怀念学校的氛围。江纾媛说："医嘱里就有一条，必须在家观察一周后才能返校。医嘱必须听的。"刘煜噘着嘴说："妈，难怪您不让我看医嘱，是不是今后你不让我干什么，都拿医嘱说事？你的嘱咐都太多了，现在又来一个必须听，而且我又看不见医嘱，会不会今后我的人生都得受医嘱约束？"江纾媛看到似乎满血复活的女儿，不忍心反驳她。一个被病痛折磨的小女孩一旦脱离这个苦难，回到自己熟悉的环境，又会暂时对自己遭遇的痛苦失忆。江纾媛只得耐心地和女儿解释："本来我们是满足你心愿，提前回家的。你就当是把病床移到了家里，好吗？"刘煜是一个有自己思想又懂得妥协的女孩，她噘着嘴，不再纠缠，躺回了床上。

刘敏捷与江纾媛回到自己的房间。房间里还是之前的陈设，除了电视机和电脑换了新的，其他一切依旧。这是刘敏捷的要求，他说喜欢怀旧。婚姻最美好的时期，一定是婚礼的当日，虽然在婚礼当晚发生了一场不愉快的争吵，但十五年间，刘敏捷已经强迫自己忘记那场凄风苦雨。这十五年来，刘敏捷以最真诚的爱意弥补了那晚的过失。但即便如今，刘敏捷与江纾媛重回这间房子时，一种痛苦还是油然而生——场景依旧，情已惘然。对于刘敏捷这样一个过分强调女人性贞洁的男人来说，他已经对眼前的女人完全没有爱，甚至之前的爱情也已经灰飞烟灭。杨绛曾说的"婚姻三样"此刻都没有了，现在延续他与她表面夫妻间和谐的，只有女儿。虽然这种父女之间的情愫已经没有血缘支撑，但十五年培植的亲情依旧浓烈。因为这份父女情，刘敏捷还是希望保持家庭和夫妻关系。但他已经下定决心，如果江纾媛完全不予配合自己扳倒章则，他就做好妻离子散的准备。女人如果因为自己的错误让男人受辱，还不帮助男人找回尊严，这种女人就已经完全失去了同在一个屋檐的理由。但现在还不是散的时候：第一，江纾媛还没有完全彻底与之决裂；第二，即使摊牌，散伙也得是以起诉终了、案件尘埃落定的时候。他暗示自己，这个决心一定要坚定。刘敏捷没有正视江纾媛，说："我已经准备好材料起诉章则，我们现在还是夫妻关系，我希望我们一起在报案材料上签字。我认为，这不仅是你的权益尊严，也是我和这个家庭的。所以为了我们共同的权益和尊严，我建议你签字。"刘敏捷拿出报案材料和笔递给江纾媛。此时的江纾媛一直盯着刘敏捷的眼睛，她希望读出一点爱情的信息，但刘敏捷游离躲闪又光芒尽失的眼睛里，已经完全没有自己的影子。

感情的实质就是互相欣赏产生的多巴胺，江纾媛知道这个房间的两个人就像没有多巴胺的茧房，但她还是希望这个茧房有一个共存的希望，而不是以暴力方式被拆毁——女儿需要这个没有夫妻之爱、却有父女之情的空间。所以她非常诚恳实在地回复道："我不会可怜到祈求什么完整性，我知道我已经没有去奢求完整的资格。我心中只有女儿，这是我作为母亲的天性。我希望她有一个概念上的家和一个概念上的父亲。我知道，你在向我下最后通牒，我必须配合。但是我也清楚地知道，一旦这个案子开审，以中新集团的互联网效应，我女儿肯定会牵涉其中，一个'强奸犯女儿'的标签将会毁灭她的人生！所以，对于此案，我的态度就是不再参与任何人的游戏，我已经被毁了，我不能亲自葬送我女儿的未来。至于你采取什么行动，我既无理由，也无能力影响你的决定，也不再劝你。但是我要实事求是地告知你实情，今天韩雯来找过我，没有说案件，就是说关于女儿未来救治的保障。我要征求你的意见，你现在依旧是孩子的父亲，你有权利参与决定。"江纾媛将韩雯和魏雅思以及下午有关谈话的内容和盘告知了刘敏捷。刘敏捷说："从孩子的角度，我不能反对这个女人的建议，我只能说这是另一种形式的收买，狡猾至极！我得提醒你，收买会被伪装成善意。"江纾媛说："我是成年人，而且现在在法律上我们是一家人，在感情上，你现在还是我的亲人，孩子的父亲，世界上没有金钱能买亲情。即使你现在决意和我离婚，亲情也不会因为一纸证书而消失。"刘敏捷见江纾媛心意已决，彻底放弃了让江纾媛配合的打算。他太了解和自己朝夕相处的女人，这是一个外表柔弱但内心强大的女人，尤其是在孩子权益的保障下，没有人可以撼动这种强大！他现在退而求其次只能希望江纾媛不要成为诉讼的障碍。但这个房间他实在无法待下去。刘敏捷对江纾媛说："这两天刘煜就拜托你了。我得去和宋清平合计一下细节，后天就是最后追诉期的界限。"

江纾媛完全感受到刘敏捷的心情，一个对于贞操观过于沉浸的男人，无论如何是不可能对失去贞洁的女人存有热情的。江纾媛突然悲愤万分。她既为自己当年自酿的苦果而悲伤，也对造成恶果的男人心生愤怒。她愤怒，为什么女人的贞操都被男人操控？在刘敏捷离开后，她有点像祥林嫂喃喃自语："为什么，女人的不幸都源于这种冷性暴力？"

以法博弈 **捌**

———

男人的职业信仰一定要高于爱情信仰。

　　韩雯和韩永春、黄律师核对完所有的细节，黄律师建议叫上章则一起商议，必须了解他个人的想法。韩雯回复说："现在有关这个案子的所有意见都由我决定。他没有意见，而且他的意见也不作数。"黄律师说："听您介绍，他本人有认罪并作刑事和解的想法，以释放他的心理负罪感。一般有这种道德清高感的人，完全有可能在非意料场景下做出这种事。如果是这种心态，万一他当庭主动认罪，这对此案不利啊。"韩雯说："除非他脑子短路才会这样干。如果真这样，我们韩家还劳师动众为他脱罪，岂不是自讨苦吃？"韩雯说完，问黄律师："协议草拟得如何？"

　　黄律师拿出打印好的协议文本递给韩雯。韩雯逐词逐句，甚至连标点符号都未放过，然后指着协议开头念出来："'甲方现就与乙方关联人江纾媛女士发生性行为以及因该性行为而产生孳生物（专指孩子）相关后续事宜达成协议如下'，这种表述刘敏捷会接受吗？韩永春转述刘敏捷的意思是要章则道歉，现在字里行间流露的含义完全就是一次普通的苟合行为，如果他能接受这种定义，保证书还有意义吗？"黄律师说："保证书里也必须坚持这种表述，而且只能对孩子的相关事宜作出承诺，否则这个官司就输定了。这就是一次双方醉酒后相互冲动的后果，这是我们抗辩的基点。韩永春先生转达的刘敏捷的要求绝对不可以。"韩永春说："我认为你这种协议根本不可能签成。不但不能如愿，而且这种表述完全就像是指责他们在偷奸，会越来越刺激刘敏捷。"韩雯对韩永春吼道："给我闭嘴，再三说过，你嘴里任何场景下，都不能带'奸'字。"韩永春不知趣地解释道："如果真是偷奸，对章总有利啊！"韩雯歇斯底里地大吼道："什么有利？韩家对所有的'奸'都不能容忍。"韩永春嘟囔道："黄律师这番话说白了，不也是在语言上耍奸吗？这个时候为什么要刺激刘敏捷？我这辛辛苦苦游说他有所缓和，为什么要用这种方式激怒他？"韩永春原以为自己和刘敏捷的谈判结果为韩家在此事中作了很大贡献，结果几乎被黄律师推翻，无论是从心态上还是从男人个体角度考虑，他认为黄律师坚持的意见完全就是欺负人，既欺负他自己，也欺负刘敏捷。他认为律师在欺负刘敏捷，倒不是为了刘敏捷的利益，而是认为任何一个男人都不可能容忍这种完全颠倒黑白，甚至带有侮辱性定义的盖棺定论。韩永春是那种把奴性当忠心的人，具有奴性的人，对主人以外的所有人都具有攻击性，所以韩永春怒怼黄律师的时候几乎是怒吼。其实这个时候的韩永春也含有另一层强烈的反抗意味，他也想借此机会表达对韩雯的不满，因为他对韩雯漠视自己的功劳也感到不快，他借此传达奴性之人对主人的反抗。韩永春在痛快地吼出后，自我陶醉着："做奴隶虽然不幸，但并不可怕，毕竟知道挣扎，还有挣脱的希望。"

　　韩雯其实是一个讲理的女人，她也预感到这种表述会产生事与愿违的反效果。她之所以责怪韩永春，是因为韩永春偷奸的说法触动了她的隐痛——无论如何解释，这都是一起奸情，一个发生奸情的男人就是她心里的血瘤，随时折磨着她！她说自己现在的所作所为，没有丝毫是为了章则，全部是为了韩家和中新集团。韩雯感觉到了韩永春的潜台词，基于内心，她也不太赞成黄律师的表述。她缓和了口气，说："可以探讨一种备用表述。比如，因甲方与乙方关联人的意外性行为，给乙方带来痛苦，甲方愿意在补偿精神损失的前提下，向乙方道歉。同时承诺，不会再与乙方关联人及其所有家属产生任何联系。乙方承诺在收取到甲方赔付后，放弃包含但不限于诉讼、向任何第三方或以任何形式传播上述性行为的举动。和解书与保证条款合并。"黄律师勉强说："这可以作为备用，我亲自和刘敏捷去谈判。"

刘敏捷离开家后，心里有一种彻底失去家的落魄感，这种失落是他自己的抉择，这种自我打击和他人打击的重力让他心力交瘁。仇恨的血和酸楚的泪合成更为强大的意志，他要干翻罪魁祸首。刘敏捷迫不及待地打电话给宋清平，要正式签署代理协议，但宋清平正忙着不停拨打魏雅思的电话，一直显示占线。宋清平此时也是心急如焚，他回到家里，发现魏雅思已经清空了她在这间房子里的所有痕迹，连墙上两人的婚纱照挂像也被剪成两半，她自己的一半已经不见。房间里已经放好两份打印好的离婚协议书，魏雅思已经签好字。在协议背后，魏雅思写了一段话："莫言说，你选择能干的女人，就得接受她的强势。套用大作家的话，你接受不了我的强势，就选择放弃。我不希望与律师对簿公堂。签上你的名字，视为你对我最后的尊重。"宋清平知道这次魏雅思不是任性而是玩真格的。他真的有些慌乱。一方面，他坚定地认为律师必须为法律的信仰放弃所有干扰法律的因素；但另一方面，他信誓旦旦地对魏雅思说过，他对魏雅思的爱情也成为生活的信仰，这绝不是信口开河，而是发自肺腑的心声。如今两种信仰对撞已经成势，必须有一个扳道工紧急操作道轨，才能避免人仰马翻。他想再和魏雅思谈一次，希望她能改弦更张。同时，他自我说服，退一步海阔天空，何必为了别人的正义自毁幸福。但他一边打电话，一边像周伯通似自相搏击，却难分胜负。突然他产生一个奇想，刘敏捷是否会放弃起诉呢？如果这样，刘敏捷不就是一个紧急扳道工吗？他想暗示刘敏捷诉讼的难度好让他知难而退，但转念又觉得这是对于职业的背叛，这种小动作过于猥琐。就在他不知所措之际，刘敏捷的电话打了进来。宋清平暗自祈祷，刘敏捷会告诉他自己已经"鸣金收兵"。刘敏捷在电话里告诉宋清平要正式签代理协议，现在就签。刚才还在踌躇的宋清平一听刘敏捷要正式签订协议，像注射了鸡血一样变得兴奋起来。这不是一般意义上的商业逐利，纯粹就是职业兴奋！刚才脑子里斗争得死去活来的纠结痛苦瞬间化为乌有！宋清平在告诉刘敏捷自己所在的位置后，对自己的状态琢磨了一番，给自己两种信仰的对撞做了胜负裁判：男人的职业信仰一定要高于爱情信仰！他决定勇往直前，以应诉阻止魏雅思的离婚。

宋清平将律师事务所的格式合同填好，让刘敏捷审看无误后，两人签字。宋清平系统整理了刘敏捷整理的资料，又听刘敏捷把这两天的进展作了详细描述，之后说道："现在提告的条件应该具备了。但是，必须有几个法律问题要分析：由于江纾媛本人并无意出面提告，此案不能作为刑事自诉案件，只能作为公诉案件。必须是你刘敏捷以江纾媛家属的名义向公安局报案。公安局会对现有的你提供的证据进行核证，然后会根据强奸罪的入罪标准确定是否立案，同时还会依据证据的审核确定是否收监并报送检察院。检察院再作判定是否批捕与公诉。"刘敏捷虽然对强奸罪的入罪的刑事条款做了研究，但是对刑事诉讼法的复杂性完全懵懂，他问宋清平："你不是说只要证据确凿就可以提告吗？提告后难道公安局不羁押？羁押后检察院不批捕吗？"宋清平耐心解释道："关于刑事诉讼法的复杂体系，这不是可以大而化之一言以蔽之的。法律是实现社会公平自由的保障体系，保障所有当事人的合法权益，其中也包含犯罪嫌疑人的权益。对于此案，由于缺乏受害人的自诉，嫌疑人如果否认性行为的暴力性，加上当年确实难以判定主动与被动，证据链并不具备充分性，那么公安局就可以依照嫌疑人是否具有情况危害性判定是否收监。即使收监，犯罪嫌疑人的律师也会提出担保监视居住。即使公安局坚持收监并报捕，检察院也有评判是否应该批捕的权利。鉴于上述，很难保证公检部门在这个环节上不受中新集团的影响。"刘敏捷瞬间变得情绪沮丧，他说："我这和韩永春的谈话录音难道不能证明章则是强奸吗？"宋清平说："作为律师，我必须和当事人说明所有诉讼的法律环境。韩永春的间接辅助证据没有章则本人的自证有效，而且你这种远程偷录自己手机的手段我也是第一次遇见，这是互联网时代的新问题，有效认定权在检察院。"刘敏捷万念俱灰之际，章则和中新集团的黄律师的电话打来了。刘敏捷接听电话并打开免提。黄律师告诉刘敏捷："韩永春上次和你商议的和解协议已经草拟好，需要当面谈。"刘敏捷回复黄律师说："正好我和我的代理人在一起，我们一起谈，我把定位发给你。"刘敏捷挂电话后，对宋清平说了自己的设想。宋清平不置可否地说："我不用参与谈判就可以知道，对方的协议中肯定不可能提及'强奸'的字眼，这个黄律师我太熟悉了，号称'逆天'，是专门代理刑事诉讼案里的疑难案件的被告人代理。说通俗点，专门帮坏人接条，而且不择手段。"刘敏捷不解地问："律师行业会容忍这种专门帮坏人的人吗？专门帮坏人的人不也是坏人吗？难怪网上传言有人暴力对待这些律师。"宋清平说："我刚才说的坏人并不是法律定义上的坏人，即使是被法律确认的坏人，律师也得最大限度地维护他的权益，法律维护不被所有道德价值约束，那些暴力对待律师的人属于法盲。从另一个角度来看，我本人也不赞成不当取证。你以签协议为由取得犯罪嫌疑人认罪证据，我归为不当取证，道德上、法律上都不赞成，所以我不建议用这种方式。"刘敏捷垂头丧气地发出一连串疑问："那此案还有解吗？这个流氓不认罪，江纾媛也不配合，网上的视频也被删除，公安也不羁押，检察院也不批捕，证据又无绝对效力，我又不能自诉，哪能起诉？案子也无胜算？你这代理协议还有意义吗？"宋清平说："我说过，必须把所有疑难点都说出来让当事人明白。我同意代理，但不代表我有绝对把握打赢。这个世界上说包赢的律师绝对是亵渎法律的骗子。但难不等于没有机会，不羁押、不批捕，不等于不能起诉。诉讼的输赢虽然难以预料，但不诉，连赢的机会都没有。

诉讼靠的是证据和律师技能，但诉讼的核心是正义与公正。我们的协议虽然签了，但你必须在明确知道所有情势下做最后的判断。这个权利在你，我既不能动员你起诉，万一输了，你的现实利益也丧失了；也不能过于渲染难度，变相阻止你起诉，这样就会让唯一惩罚犯罪的机会也丧失了。正反两面的话我都说了，你现在可以选择，时间不多了。如果你选择继续提告，我们就着手准备报案程序，我能做的就是严格按照标准，把材料做得严丝合缝，同时在合法范围内动用一点人脉关系，争取能在明天最后追诉期截止时立案。立案后，公安局还要报法制处审核。""不用考虑了，只要有一线可能，就必须做无限努力。"

宋清平与刘敏捷在电脑上做好报案材料并打印装成册子。刘敏捷在报案人处签署自己的名字。刘敏捷还在纠结江纾媛证词的消灭会不利于诉讼。宋清平说视频被删除，但电视台的播出素材都有云备份，我们可以申请公安局受理后予以调取。正说着，黄律师拿着合同进入，当他看见宋清平后赶紧寒暄："金牌律师在此，我这官司已经输了一半啊！"宋清平回应："所有有可能赢的官司，遇到'黄逆天'都有可能输啊！"黄律师哈哈大笑："过奖过奖，宋清平除外。正好你在这儿，章则这份和解协议请你帮忙指导后，效率就高多了。"宋清平说："刑事诉讼涉及罪行，是罪必纠。我不太赞成刑事和解，所以我从不鼓励当事人签署刑事和解书，这样会导致罪行隐匿，所以我从不参与。"黄律师诧异地看着宋清平说："这种非法学的观点居然会从宋大律师嘴里说出来，实在令人不解。中国是有调解法的，你可是法界大儒，应该知道的。所谓'让则通，通则顺'，这种民本原则也适应法本啊。所谓'明德慎罚'这是自古有之的法制文化。更何况妥协并不意味着放弃，而是为了选择更大的双赢。而且，据说您的当事人还有修行之根，仇恨和报复无以归心，只有屏息无明嗔恨，通透慈悲，生命才可以明镜。所以我觉得您应该鼓励当事人息诉。"宋清平的辩术能力开始显现："黄律师的法学修养就是故意模糊概念，调解法是相对于民事行为的，强奸罪是刑事犯罪，息诉不是息事更不是息罪，尤其是对于强奸犯，绝不可有半点儿姑息！中国需要法制，更需要法治，专门治理恶徒。如果你要谈论中国自古传之的法学文化，我也可以向你普及既不鼓励'健讼'，不能以牺牲权益和公正自由换取'无讼'的宽和。"黄律师说："关于奸情的定义大讨论留在法庭上，我想问当事人刘先生，您打算听从您的律师建议，放弃和解吗？这里面可是涉及两千万的实际利益，两千万真的就无法消灭仇恨吗？"刘敏捷说："两千万真的足够多，可以摆平颠覆很多人的价值观，但你遇到了两个例外，一个是宋律师，一个是我，这个世界上或许还有很多人都不被金钱颠覆人生。既然你说到修行，我也可以告诉你，我的修行是，杀恶不等于杀生，纵容恶性就是亵渎佛性。今晚我就报案。"刘敏捷转而对宋清平说："走吧，宋律师，不能太晚了，公安局的门不是 24 小时都开着。"

黄律师看着两人走出去的背影，半晌才回过神来。他的确遇到两个例外，一个只为男人尊严复仇，一个只为维护法律尊严。他给韩雯打电话，告知这种无疾而终的谈判结果，并建议按第二套计划行事。同时，他建议还是要给章则做一次心理辅导，以防万一。

　　黄律师回到韩家，韩雯与章则已经聊过一轮。韩雯告知了最近她所做的所有细节，并说了自己的观点。她说，目前韩家在此事上已经做了力所能及的赎罪行为，已经不存在道德亏欠。即使面对咄咄逼人、誓不妥协的刘敏捷，她也决意与江纾媛和魏雅思说的方案还要继续。哪怕是刘敏捷提告以后，章则会被逮捕，这个方案也不会终止。中新集团在此案中体现的善意绝不仅仅出于赎罪，而是真心实意地要保障刘煜今后的生活，毕竟刘煜与韩家女婿章则存有血缘关系。韩雯说这番话是经过精心考虑的，她希望为章则疏解道德压力，同时以刘煜提振章则的情绪，这样可以接下来提醒章则：为了刘煜，他绝不能吃牢饭，否则会给这个孩子带去阴影。韩雯的目的就是防止章则在法庭上，甚至是在接受公安局的问询时坦白所有的问题。章则最开始还委婉表示："别折腾了，是福不是祸，是祸躲不过，由他去吧。老爷子说过，男人要为自己的错误赎罪，认罪服法就是最好的赎罪。赎罪不一定是以善行为标志。"韩雯最初耐心地劝章则："人不能过于自私，你已经自私放纵自己的淫欲而加害了一个家庭，如今你还要为了满足你的所谓道德感，再施害一个家庭。你为了一个女人的道德赎罪，难道你不要再对另一个女人赎罪吗？""打赢这个官司的前提必须是否认实事，要撒谎，这关我过不去啊。""你已经对另一个女人撒谎了十五年，难道你还有资格给自己贴上一个正人君子的标签吗？伪君子比真小人更不道德。我如此苦口婆心地劝你，如果你还执迷不悟，就真的应该去精神病院了！你让一个对你有无限恩情的家庭陷入不堪的涉讼风险和痛苦，这已经是罪过。如果你再因自己的执念让有可能解除诉讼痛苦的这个家再背负强奸之家的罪名，并让这个家遭遇解体的险境，这种罪上加罪的极恶，你恐怕连赎罪的机会都丧失了。"

韩雯说话的时候，黄律师已经进来，他插话说："章总，我说些难听的话，就算你想认罪，法律也不会只认口供，还要有证据。如果给你一个精神有问题的标签，就算你承认，也未必会被采用采信。再加上女方也不会出庭作证，所以这个案子铁定不会被判强奸。而且如果您被判强奸罪，对那个孩子来说，这是不是又是一种新罪呢？我没整明白，被强奸的女人为了孩子，都不愿意证明自己被强奸，而一个强奸了女人的男人，非要为了满足自己的赎罪心理，不顾一切地要服法。这不被解读为精神病，难道还会被赞为道德模范不成？"黄律师的一番白话让章则无语。章则瘫坐在沙发上，他实在无法反驳两人的观点，而且他听到律师的口气中隐藏着威胁的语气。他知道，如果自己再坚持，韩家真的有力量给他贴上精神病的标签，而且是经过所谓检测的。他两眼发直说："好，从今天起，我对所有人保持沉默。"

宋清平与刘敏捷如约抵达公安局递交所有材料，如同宋清平所料，负责受理案件的警察在查看材料并做完询问笔录后，要求刘敏捷提供补充证据，就是有关江纾媛的阐述，即使是视频资料也可以。宋清平提出，希望在立案后由公安局出具文件要求电视台提供原始素材。公安部门告知，由于证据不足尚不构成立案标准，这不能列入侦查环节。而且即使发函，对方属于国家新闻机构，有足够理由和程序延宕，不可能在一天之中完成。宋清平的法律知识没有覆盖新闻和相关公权机构的办事程序，所以始料未及。刘敏捷此刻如槁木死灰，掉头离开，宋清平也灰头土脸地跟着出来——这是他律师生涯最丢人的一次经历。

黄律师很快得到消息，刘敏捷的立案被公安局拒了，理由是没有受害人的控罪状。黄律师对韩雯说："一切如我所料所控。这样看来，你和江纾媛的那个协议也没有必要继续了。""我和章则说过，无论此案走向如何，我韩家的信誉和善心都不可改变。而且假设真如你所料，江纾媛也在无意中做了很大的成全与牺牲，人不能因为利益而失却诚信。再说，只要明天的最后追诉期不过，这个案子的尘埃就不算落定。为防止江纾媛今晚到明天出现意外波折，今天就通知魏雅思和江纾媛到中新酒店签协议。"黄律师表示赞同。

魏雅思已陷入了深度的忧郁之中。她独自一人破天荒在房间里打开一瓶红酒，边喝边陷入沉思。她收到了宋清平的回信，说鱼与熊掌他都要，他一定要帮刘敏捷打赢官司，还要用法律打赢婚姻保卫战。法律的公平性不仅体现在维护正义上，也体现在维护正常无过错的婚姻上。魏雅思反复思忖宋清平对"无过错"的定义，生活中的过错难道仅仅在于物理性的是非吗？人世间的理想伴侣，难道不是精神上的高度契合吗？可世界上真有精神上高度契合的标准伴侣吗？她想起老舍先生在小说里的话：对"理想伴侣"的执着，反而是婚姻中最大的灾难。"道不同，不相为谋"，可不执着的伴侣价值，又何尝不是灾难？一瓶酒就要喝完时，江纾媛的电话打进来，魏雅思听江纾媛说刘敏捷已经离开家，便忙不迭地打车前去安慰江纾媛。两位闺密相互倾吐内心的悲苦。江纾媛说："换位思考一下，我这的确是伤害刘敏捷太深，他也是遭遇多重打击，人格上、亲情上、外力的、家庭的，我也在琢磨我是不是太自私，只考虑女儿的未来。每个人都有未来啊，如果刘敏捷的起诉失败，他一定会情绪崩溃。万一他也出意外，那我也是罪人啊！"魏雅思说："我也是感同身受啊，现在所有人都面临一场悲剧，就连我这个原本是局外人，现在也如是。你看，这是法院开具的受理离婚的单据。"魏雅思将法院的受理凭证递给江纾媛继续说道："本以为皆大欢喜，结果成了悲剧。如果当日不是我邀约你参加我的订婚仪式，就不会有这场车祸，原本在自己空间上续写甜蜜的家庭因为这场喜庆而拉开解体的哀乐，原本甜甜蜜蜜的家庭支离破碎，我是有原罪的，可成人的世界里，所有的原罪都应该有能力去消解去承接，而孩子不应该承受成人的原罪啊。"

江纾媛边哭边笑："有原罪的是我啊，如果那一晚我足够冷静，就不会有今天这样的痛苦。"魏雅思说："这不是女人的原罪，是那些放纵的男人的原罪，世界上所有放纵欲望的男人都是女人苦难的祸水！说心里话，我骨子里很认同宋清平的法理，与其责骂罪恶，不如伸张正义，必须以法制根绝所有罪恶的欲望和因欲望制造的所有罪恶，尤其是要杜绝所有制造妇女儿童灾难的恶行，可这实在是个例外。这个可恶的宋清平，为什么像'讼棍'呢，完全不懂转弯！"两个陷入悲情与苦情中的女人正不能自拔之际，韩雯的电话打来了。韩雯告知，协议条款及有关方案规则已经起草完毕，她恳请魏雅思带着江纾媛去中新酒店商议细则。江纾媛愤怒地对魏雅思说："我拒绝进入中新集团的任何场合，那会勾起我的愤怒。而且刘煜一个人在家，我不能在此刻离开刘煜。"魏雅思捂住手机扩音器和江纾媛商议："那就去我家，刘煜此刻没睡，就让刘煜也去我家，住楼上，不让她和韩雯见面。"江纾媛考虑后，表示同意。魏雅思继续对着话筒与韩雯说明，这是江纾媛的想法，如果他们不同意，只能以后再找机会聊了。韩雯心里只有一个想法，只要拖住江纾媛，在哪见面都行，因此韩雯也表示同意。

江纾媛和刘煜说到魏阿姨家住一晚，刘煜欣然同意："这个主意太好了，我就想看看最崇拜的才女家究竟是什么样！"魏雅思说："我们家楼上都是书房、影视房、健身房、露天餐台，非常适合你住。你要喜欢，可以一直住。不过今晚我要在家和一个合作伙伴谈合同，你就在楼上，不要下来可以吗？"刘煜爽快地应承。

　　刘敏捷与宋清平分手后，准备在一家快捷酒店住下。在前台办理登记时，电脑出了故障，服务员焦急万分。一旁等着的刘敏捷无意间问服务员电脑出了什么毛病，服务员摊开手说就是系统进不去。刘敏捷自告奋勇说："那我帮你看看。"服务员半信半疑地让刘敏捷进到柜台里面，将电脑操作台让给刘敏捷。刘敏捷熟练地重启电脑，从一堆乱码中操作一番后恢复了界面。服务员由衷佩服并表示感谢，问刘敏捷这是什么原因，能否指导一下？这样下次再遇到这种情况，她就能自理了。刘敏捷热心地告诉服务员："不出意外是整个软件系统中毒了，通常不会出现这个问题。没准是某些犯罪分子在黑这个系统，窃取系统里的个人信息。不信的话，你可以打某个同行的电话询问一下。"话音刚落，连锁快捷酒店的网络管理部就群发了信息，告知整个连锁店的登记系统都出了问题，正在抢修，如果有客人住宿，先做人工审核。服务员对刘敏捷赞不绝口，说要给刘敏捷打折，做人工客服登记。刘敏捷突然想到：自己最擅长的是数据修复，既然有云备份，就有可能导出已经播放的视频！他想起那个应征的美国的 IT 新手格雷·格斯和 Cloud Passage 云服务器和缺省密码，决定试试。可所有的第三方数据恢复软件 Ease USData Recovery Wizard、Recuva 等都在家里，于是他决定回家，顺便再看看刘煜。服务员看着突然要走的刘敏捷，不明所以，以为是刚才的话冒犯了刘敏捷，再三道歉，但刘敏捷没有理会，快速离开。

刘煜随母亲来到魏雅思家，面对宽敞的两层楼小院感慨万千。她说这和她们家那个两室一厅的世界相比，完全是天上、人间，她以后一定要发奋读书，也要实现"书中自有黄金屋"的境界！魏雅思说："你居家观察的这一阵最好就住我这儿，保持好心情很重要。""羡慕归羡慕，好心情还是在自己的家里，再说我要吃我爸做的烙饼和油茶，不过还得谢谢阿姨啊。"江纾媛听到女儿依旧沉浸在一个完整家庭的幸福意境里，心里泛起阵阵酸楚。她再次想起魏雅思的话："成人世界的原罪让孩子背负，那才真是罪过。"

魏雅思请的家庭帮工是一位土家族大姐，凑巧是江纾媛和刘敏捷的同乡，她最擅长做土家族的小吃，尤其是特色糍粑、腊肉、油茶、土家烙饼，还有合菜、团馓、绿豆粉、米粉、油炸粑。刘敏捷最爱烙饼和油茶，刘煜上学时的早点也是这两样。魏雅思回来的路上特地嘱咐大姐备好这些，越丰富越好，让刘煜当宵夜吃。"我让人做的烙饼和油茶，你尝尝，和你老爸比，是不是各有千秋？"三人来到楼上的凉台户外餐厅，餐厅的桌上已经摆满了土家大姐的拿手餐茶。刘煜兴奋地挨个品尝，啧啧称赞。

魏雅思与江纾媛陪刘煜正吃着，土家族大姐接通二楼电话，告知魏雅思客人到了。

韩雯和黄律师准时到达。现在对于韩雯来说，就只有二十四小时，只要熬过这二十四小时，准确地说，只要过了十五年前事发当晚二十二点四十分，一场巨大的危机就可以宣告结束。只要没有法律上的风险，中新集团有能力影响任何走向，包括舆情！韩雯的确充满了诚意，她是带着储蓄卡和密码来的，密码就是刘煜的生日。韩雯虽然未能见到刘煜，但这并不影响她找到刘煜的个人信息。她请的黄律师的确是个物有所值的人才，既能猜透她的心思，还能让她事事顺遂。唯独对于终结刘煜基金的馊主意，她是极不赞成的，甚至是反感。一是这与韩家的诚信和初心有违，二是韩雯查到刘煜的资料后，她对刘煜未来的关心更加强烈。虽然此时她不敢提及，但她相信危机解除后，只要耐心，凭着对这个孩子的关爱，她们一定能找到共同的基点。所以对这个基金的管理，在协议条款上，她虽然没有强调管理权，但参与的能动性、知情权、使用范围，尤其是对于刘煜的权益保障，她是做了很多设计的。协议长达二十多页，附署了完整的基金管理细则。这是能干的黄律师根据韩雯授意草拟的，这样做的目的就是尽可能地拖延时间。魏雅思毕竟和宋清平待了很多年，庙门摆摊的人，不会念经也会或多或少参悟点佛意，她先逐条细读，然后逐字逐句念出来，让江纾媛知道，这里面每一个词句的意思，她必须让江纾媛充分理解。

就在江纾媛等人讨论协议时，刘敏捷在家门口犹豫片刻后，决定进去。可他出门时没带钥匙，按门铃好几次都没反应。他给屋里打电话，座机也没有人接。然后他再三给江纾媛打手机，也没有接。刘敏捷开始着急，既担心她们的安危，也怀疑江纾媛故意不开门，真可谓又急又气。他决定给魏雅思打电话，可是魏雅思的电话也没有人接。他又电讯宋清平，让宋清平问问魏雅思，宋清平不一会儿回刘敏捷电话说，魏雅思也没接他电话。宋清平分析："有可能是这两个女人因为生气故意避而不见。一个想避见男人并以此表达抗议的女人有太多的方式藏匿自己的踪迹，也有可能是想借此施压，让我们这两个过于执迷追诉罪人的男人放弃行动。如果是这样，就看我们能否抗压，解决这个立案的证据难题。"刘敏捷也觉得宋清平分析得有道理，他说自己正在想办法。至于什么办法，刘敏捷并没有明说，他担心宋清平又提出一个法律障碍让自己知难而退。他决定"无知者无畏"，既然宋清平说过对于弱势群体且又没有其他救济方式的重要利益受损者来说，有些证据的收集，只要不违法，而且又是事实发生的事证，法院就有可能认可。既然有可能被认可，总比连上法庭的机会都没有要强得多。刘敏捷此时更加坚定宋清平的话，诉讼虽然靠的是证据，但最后还是公平正义。他在网上找到一个开锁的，因为是晚上，他多支付了费用，并提供了身份证。仅仅十五分钟，锁匠就打开了门。刘敏捷感叹，每个领域都有专业的开锁人，就像刚才在快捷酒店一样，他也是网络领域的开锁人，他一定得想办法打开证据这把锁！

因为魏雅思与江纾媛一直在和韩雯、黄律师谈协议，所以把手机调成了静音模式，刘敏捷与宋清平的电话都没接到。她们根本不知道刘敏捷和宋清平这两个理工男和法律男的情况，更不知道他们背后的议论，如果知道，她们肯定会嘲笑这两个男人在"以小人之心度君子之腹"。协议谈判持续到凌晨三点也没结束。韩雯估计今晚刘敏捷也无法和江纾媛联系上了，她提议先休息，江纾媛还要照顾孩子，自己就在车上打个盹，这是辆保姆车，也很舒服。明天早上九点再议。魏雅思问韩雯为什么一定要这么急，就算谈好了，她还要给宋清平最后看一下。魏雅思一边说一边观察韩雯的反应，然后继续说："是不是希望此事谈妥后，我们就会彻底被感动，不参与刘敏捷的诉讼，尤其是江纾媛。如果是这样，我觉得大可不必。围绕着这个协议的谈判，我们的动机和立场特别分明，特别纯粹，就是为了刘煜这个孩子和众多像刘煜这般的病患，就像这个基金设立的目的，是为促进所有患者的身心健康，竭尽所能地让每一个需要资助的患者不因资金而失去生命，推动中国青少年的康复工作。我们不希望这种纯粹染上其他欲望。而且我们也明确告知你，我们不是那种沉溺在个人仇恨中无视所有赎罪的人。"被击中一半心思的韩雯虽然有点尴尬，但她也是久经商战的女强人，控场与控制情绪对她而言已经成为修为。最主要的是，她从内心深处认为魏雅思的确是一个难得的能读懂她情绪的人，这种人的能力一旦用于商业，那将是所向无敌的。韩雯第一次感受到佩服另一个女人，她认为通过这件事，她应该也附带尝试用高薪挖这种品行端正、仗义执言、能力出众的女人到中新集团共事。如果能达成此愿，化腐朽为神奇，转危为机，此等美事再加上日后能妥善解决刘煜的监管权，那韩家将真正地功德圆满。想到这儿，控制住尴尬的韩雯甚至流露出微笑，但她现在是不可以说出心中秘密的。韩雯解释说："我最近可能要陪老爷子出去，此事必须尽快谈妥，而且我已经把钱都带来了。"韩雯拿出一张卡交给魏雅思说："大的条款都已经搞定，还有些小细节，应该很快可以过，所以我希望能把好事办好。至于你说到的案子，这是法律上的问题，我知道'咎由自取'这个成语的真正含义，章则的任何罪与过都由他自负其责，虽然我希望人与人之间有一条将功补过的和解通道，耕云法师说："'我们积功德莫过于救人，救人最好是救他的心。你要救他的心，把他的颠倒心变成安详心，你就彻底地救了他。'但我也赞成绝不可以用善心或用所谓救赎掩盖自己的罪过，这样的善意就是一种伪善。就像我之前表达过的，我们现在这个计划是韩家一贯的做法，无论此案走向如何，结局如何，绝不受干扰。"韩雯这番话是做过功课的，她知道江纾媛与刘敏捷夫妻两人平素也研究佛理，而且喜欢耕云的禅道，所以故意引用了禅师的一段心经，讲给江纾媛听。但江纾媛避谈任何与案件有关的事宜，所以没接话茬儿。魏雅思推拒韩雯递过来的卡，说："协议没有落定之前，我们不会接受一分与章则有瓜葛的钱财，否则既有违我们的初心，也对不住宋清平和刘敏捷。""那好，我们早上继续谈。"

韩雯离开后，魏雅思和江纾媛都看到手机里一连串的未接电话，江纾媛准备回，被魏雅思拦住："第一，这都五六个小时了，没见他们再打，也没发短信留言，如果有急事的话都已经解决了；第二，就应该晾一晾他们；第三，没准他们现在又有什么花花肠子，别受他们干扰，他们有能耐，就在最后追诉期前去起诉。你和我，忘记痛苦，屏蔽仇恨，惦记我们的孩子。"江纾媛说："应该举行个仪式，让刘煜拜你为小妈。"魏雅思打趣说："我比你大，应该是大妈。""别分大小，只分干妈亲妈得了。"两人大笑。

刘敏捷倒腾了一宿也没搞定，还有三十来个缺省密码没研究透。困乏至极，他决定先休息一会儿，再编写一个程序扫描一下结合排列组合猜测。在离开工作台时，他想到刘煜。他走进刘煜的房间，看见床上空无一人，顿时既痛又哀，一种被亲情抛弃的伤感油然而生。他躺在刘煜的床上，抱着刘煜的枕头，仰望着已经有点斑驳陆离的天花板，仿佛看见自己已经残缺的人生。他强烈地暗示自己，必须修补这种残缺。如何着手呢？是修补嗔恚的心态，回到修行，他想到两句偈语：割舍就是得到，残缺就是圆满；不怒胜嗔恚，不善以善伏，可刘敏捷的世俗之心实在过于坚强。他反问自己，这世上的不善真可以以善降伏的话，为何大多善良的人会凭空遭遇作恶多端之徒？以法治恶不也是一种善吗？惩戒罪恶，让受害者填补残缺，这并不是嗔恚。想到这儿，所有的困乏立即烟消云散。他再度起身，重新返回工作台，计算另一组数据程序。

宋清平也一直没歇着，一大清早，他就约了检察院的朋友，咨询确认了相关法律批捕和起诉以及向检察院申诉，要求公安局立案的所有程序。检察院的朋友从检院的法律视野分析了案情，认为原则上可以递交申诉，至于是否批准，尚待检委会讨论。公安局那边可以同步向上级公安部门申诉。检察院的朋友说："强奸罪属于恶性刑事案件，不要因为单纯的证据不足导致过了时效，从而令犯罪嫌疑人脱逃。"并表示他会在法律许可范围内从中盯住审批节奏和环节。这个咨询让宋清平再度兴奋。他立刻就在检察院附近找了间茶馆，重新整理了两份申诉材料。

韩雯与黄律师九点整再度按响魏雅思的门铃。四个人在谈判条款时，黄律师抽空不断发微信，到了下午四点，韩雯与江纾媛、魏雅思全部核对商议完毕。魏雅思亲自重新打印四套，由江纾媛和韩雯签字，魏雅思作为见证人也签字完毕。此时，黄律师手机响起，到外面的花园接电话后返回，和韩雯耳语一番，最后看看签字完毕的协议，长舒一口气说："这是个值得庆贺的时刻。"然后问魏雅思："您这有香槟吗？"魏雅思不知道黄律师此时说的庆贺，实际上是暗指有人告知今天立案已经不可能，她回复黄律师："关于这件事及其关联的基金，没有任何值得庆贺的地方，我们期待着善款今后能够发挥拯救健康和生命的作用。"韩雯也回应说："我赞成魏小姐的观点，所有的好事都应该低调。这个款你们可以收了。请江女士打个收条。如果您开通了网上银行，现在就可以转款。""我现在不会接受任何钱，哪怕协议签了。我希望在这件事全部落定后，这个协议还能进行，这样就像韩小姐所说，善款不可以承载非善的目的。同时，我对得起自己的灵魂，对得起良心，对得起亲人朋友。"韩雯万万没料到，当今世界上居然还有面对两千万现金，还能拒绝的人，这的确打破了自己的价值观，也让韩雯面对这样一个善良正义的女人肃然起敬。她对江纾媛说："你让我明白一个真正女人的灵魂和价值所在。你能把手机借我用一下吗？"江纾媛不明就里，但还是解锁后递给韩雯。韩雯打开录音键，一边录一边说："我韩雯代表个人、韩家、中新集团盟誓，章则事件无论结局如何，我们今天在此签订的协议必须作数。自明日起，一旦基金开始运作，中新集团将再次捐款两千万。如不兑现，中新集团立刻解散并接受天谴。"韩雯说完，将手机归还给江纾媛。

黄律师被韩雯完全整蒙了，也完全不可思议江纾媛这个女人。但更让他不可思议的事接着出现，江纾媛接过手机，当众把录音删除："修行之人从不希望他人发誓，而且人世间真正的善行从来都不需要誓言。"魏雅思看到这一幕激动得热泪盈眶，她紧紧地与江纾媛拥抱。

韩雯回到家里，已经是下午五点三十分。这个时间是所有工作机构停止工作的时间。韩雯疲倦地坐在沙发上。韩永春不知道进展，以为事情不太顺利，安慰韩雯吉人自有天相。韩雯对韩永春说："你去把章则请来，和老爷子也发个视频，我们要自己庆祝一下。"韩永春立刻明白他误会了，他赶紧给老爷子打电话，将手机递给韩雯。韩雯告诉韩国力，事情圆满解决，皆大欢喜，一场危机解除。"我们一家庆贺一下。"韩国力冷冷淡淡地回应："赎罪是一种修行苦旅，罪是解决不了的。任何用手段解决的罪，罪更大。不必庆贺了。"韩雯失落地挂掉电话，然后给章则打电话，结果是一个陌生人接的。陌生人告诉韩雯："章则已经被羁押。你们可以安排律师。"

韩雯这次真的是疲惫了。

善恶之争　**玖**

———

我们在使用刑法时虽然要有"天网恢恢、疏而不漏"之严，同时要在一定程度上体现中国法治精神中的和谐文化要义，即"德主刑辅、司法仁政、恤刑慎狱、少刑少讼"，在法度的框架内，鼓励不慎犯错者或轻罪者最大化补过，将其伤害性降低到极限，要在一定程度上提供自省自救的通道以达成民意和解，这才是当今法治文化的内核。

　　街头霓虹灯闪烁，刘敏捷在自己被解雇当天买醉的酒馆中宴请宋清平。两个失去女人的男人各自赢回一场胜利，真心值得庆贺。

　　下午四点十分，宋清平先向立案的公安局上级机关递交申诉信，但接待的负责人告知，是否接受申诉得主管局长签字，主管局长到省里开会未回。宋清平闷闷不乐出来时，接到检察院的电话，说市检院已将要求公安局立案的文件发出，公安局很重视，但回复说只要报案人提供受害人相关陈述性材料，立刻立案并将犯罪嫌疑人羁押并核查材料同时开展补充侦查，并以最快速度提交检察院。宋清平无奈，只得给刘敏捷打电话，准备把这份悲喜交集的信息告知刘敏捷，而刘敏捷也刚刚恢复直播视频，正兴冲冲地要给宋清平打电话，询问是否来得及。宋清平看看表，几乎是对着话筒喊出来："你现在立马狂奔，哪怕罚分之后接受处罚，也要在一刻钟内到达。"刘敏捷在停车场停车时，宋清平还在劝阻到点下班的警察，警察再三解释说自己要去学校接小孩实在不能等了。就在警察锁抽屉时，刘敏捷抵达。

　　宋清平一边喝啤酒一边打开手机页面给刘敏捷看："这是法院受理离婚案的通知，魏雅思为了让我退出此案，真是费了好大一番心思啊！为了你的一个诉讼，我献出我最重要的财产，这算代价吗？值吗？"刘敏捷说："爱情抵不过男人的尊严啊，为了男人的尊严，这瓶我干了！"刘敏捷说完，将一瓶啤酒一饮而尽。宋清平也对饮一瓶："我这不是为了男人的尊严，为所谓的男人尊严把老婆搞没了，真不值当！我这是为了法律的尊严！

接下来我们还得为三天后的开庭做准备，一定要将这恶徒淫棍送进监狱。歹徒的归宿就是监狱。"

　　此时，原本应该在喝酒庆贺的韩家笼罩着阴影。被韩雯训斥的黄律师解释说："此时您就算解雇我，也还是得面对接下来的局势。当务之急是取保，以章则现有的状态，他对当事人和社会都无威胁，加上他是中新集团的法定代表人，中新集团是行业翘楚，我有把握取保候审，而且必须取保。虽然他说了不再吭声，但那是道德层面的；面对枷锁在身，再加上他那个怪异的心态，难免会胡说八道。另外，我们还得想想辩护策略，同时要防止章总被收监的信息泄露。"身心俱疲的韩雯说："算了，我已经精疲力竭，一切就交给你了，韩永春你负责配合。"

　　韩永春在一旁对黄律师说："我不太懂你们的法律，但是我突然想到一个招，也许会让章总在法庭上找到一个完全颠覆的证据，从而免除牢狱之灾。"原本已经心灰意懒的韩雯打起精神，但还是充满怀疑地看着韩永春。韩永春告诉众人方式。众人陷入沉思。

　　就在韩雯、黄律师与宋清平、刘敏捷为强奸罪隔空交火并各自悲喜交集冷热人生之时，强奸罪的实际受害人江纾媛正在陪女儿刘煜吃丰盛的土家大餐。刘煜赞不绝口，嚷着要江纾媛给刘敏捷打电话一起回家吃，让老爸自己感受一下他做的大餐和魏阿姨家的大婶之间厨艺的优劣长短。江纾媛不知所措，她担心在追诉期截止之时，如果刘敏捷真的到此，自己会再次因亲情而陷入窘境。魏雅思知道江纾媛的左右为难，只得向刘煜解释说她老爸正在加班，上次都因放弃加班去医院而差点被开除，这次不能再影响他工作了。懂事的刘煜不再吵闹，美美地享受着大餐。魏雅思其实也非常关心宋清平此时的状态，但她自信满满，认为强大的爱情压力一定会促使宋清平知难而退。所以她也想刘敏捷来，借此打探一下目前的进展。但她也担心此时会因意外干扰，进退失据，所以选择给孩子一个善意的谎言。但魏雅思完全没有想到，她心目中的那个所谓的"讼棍"真是搅屎棍，他与同样一个又臭又硬的直男此时同样正在庆贺。

晚上十二点。宋清平在整理完刘敏捷的代理词以后，继续整理离婚案的答辩词。答辩的基准理由是婚姻法保护无过错方的保持婚姻关系的请求，他认定答辩方捍卫法律的正当理由成立，同时双方关系没有破裂，法庭应保护其不予解除婚姻的请求。刚准备诵读一遍，体验一下在法庭上的节奏和流畅，他就接到了检察院的电话："章则取保候审了。"

宋清平大为吃惊，接着很快冷静下来，依照法律，章则是贴着取保候审条件的边线，以中新集团和韩家的影响力，他们完全有能力做到。但宋清平知道，取保并不等于不被公诉，这才是最为关键的。宋清平如实告知刘敏捷，刘敏捷长吁短叹："为什么法律总是会被资本钻空子？"宋清平安慰刘敏捷："这不是法律的空子，相反这正是法律真正的价值，它保护所有的权益和自由。没有人可以钻法律的空子，所谓'天网恢恢，疏而不漏'，暂且让他舒适几天。这已经不影响起诉。我现在起草的诉状堪称法律教科书，几乎无懈可击。"刘敏捷无奈，只得接受这个事实。宋清平接着给魏雅思打电话，希望能再见一次，倾诉衷肠并希望魏雅思撤诉，但魏雅思还是未接。魏雅思仅仅留下一句话："法庭见。"宋清平深深感受到，再强大的口才、意志，以及手段，都敌不过女人情绪上头后的固执。但宋清平博弈的本性也更加坚定——一个连爱情保卫战都打不赢的律师，哪有资格谈论维护权益？

　　章则被韩雯接回家，意志完全消沉。一个出生寒门、谨小慎微、心高气傲，功成名就的男人因为十五年前的酒后乱性，突然被手铐脚镣锁在号子里，他既卑微恐惧又失魂落魄，几乎对警察所有的问询一概点头，最后几乎连看都没看问询笔录就签了字。他兑现了对韩雯的承诺，什么话都未讲。韩雯问他这段时间在公安局里都说了什么，发生了什么事，他茫然失措，不知所云，只知道说："太可怕了，太可怕了，我不想坐牢。"一旁的韩永春悄声对韩雯耳语："如果这个时候做个精神鉴定，是不是有助于法庭上防止他胡说？"韩雯恶狠狠地怒视韩永春，韩永春吐舌。黄律师果然还是有能力，用他的话说，在法律的边界线，他可以达成很多目的。他翻阅了章则的笔录，一切不出他的预判，章则默然无语，但在笔录里基本等同于全部认罪。他回到韩家，把这令人沮丧的消息告知韩雯。无可奈何的韩雯询问黄律师是否还能翻盘，黄律师回答说："章则的口供还必须和受害人的自证对应，所以翻盘的唯一关键在于江纾媛。"韩雯说："这几乎不可能！能让江纾媛不参与、不表态已经是章则的大运，她不可能反证为章则脱罪。"黄律师说："她不回应也是脱罪的一种方式，这样证据链也无法形成闭环。再加上又没有现场暴力证据，还是有机会翻盘的。而且如果能够认定章则的口供是在精神恍惚下做出的表达，也有利于改变被动的局面。"韩雯想起韩永春的话，她拿起手机发了几条短信，然后问呆若木鸡的章则："你现在有所好转吗？"章则还是一个劲地说："我不想要手铐，我不要戴手铐。"韩雯此时有点心疼，毕竟他们曾经恩爱十几年。所谓"七年之痒"，他们已经痒过两个时空。她对章则说："走吧，我们去休息下，我不会让手铐戴在你的手上，更不会让手铐铐住我们韩家。"韩雯手机里的信息界面有了回音。韩雯看了看，然后对韩永春说："我决定采纳你的意见，送章总休养康复。"

　　魏雅思整晚都无法入睡。她拒听宋清平的电话，实际上又反复准备回电话，但最后一直强忍着，并铁了心给宋清平回了一条决战到底的短信。此时她已经知道，自己无法改变宋清平。她真心不甘，爱情的力量竟然抵不过职业的信仰！她也产生一股斗志，一个为职业放弃爱情的男人，不配谈爱情！江纾媛见魏雅思辗转难眠，劝慰魏雅思："顺其自然啊，犯不着为我的事自毁爱情。这不是是非善恶价值冲突，男人有男人的事业标准，女人不必因自身的世界观衡量男人的世界。更何况一个有着坚定事业心的男人也会有一颗坚定的爱心。如果你非要坚持，只会让我更觉惭愧，为我这样一个清白尽毁的女人而毁掉你的爱情，我会有一种负罪感。"魏雅思说："你这个逻辑有错误。女人的世界只有爱情，男人的世界只有女人，这是守恒定律。一个把女人、爱情放在附庸地位的男人，女人就应该把他也视为可有可无之物。更何况，这件事也提早暴露了未来我们家庭矛盾的危机，一对价值观不合的夫妻迟早会解体，一个永远用法律标准处理人性的人，骨子里是冷的。一个人能否在社会上宽容，也决定了在家庭的适度妥协。一个拒绝宽容和不允许纠错的法律人格的男人未来随时都是家庭的导火线。"江纾媛无言以对，一个有着强大意志的女人，她的每一句话都无可反驳，也无须反驳。

魏雅思通过法院的友人打听到章则案子开庭的时间，得知此案不仅是宋清平代理，而且推动此案的也是宋清平，魏雅思怒火中烧。在此之前，她还抱有侥幸，宋清平会在临门抽射之前止步，但现在发现，这家伙完全无视她的存在，根本不在乎她的感受！她下定决心离婚，同时还要尽力阻止宋清平。她第一次动用了自己的影响力，请求在法律的许可范围内在宋清平为刘敏捷开庭的时段出庭离婚案。当然，她没告诉帮助她的人选择这个时间的原因。

宋清平接到离婚开庭的通知时间，正好与江纾媛一案开庭时间一致，他感觉到这有可能是魏雅思的计策。他一方面向法院提出申请更改时间，一方面打定主意，万一变更时间来不及，他授权助理全权代表，他相信，凭他写的答辩词一定能赢。

魏雅思提前到达法院，但直到开庭时间的最后一秒，宋清平也没到达，只有那个刚刚取得执业证的年轻女孩坐在被告席上。由于是简易程序，法台上只有一名法官，他看见两个女人同时坐在一个法庭里，为了一个离婚案，颇觉奇怪。如果不是在法庭上，魏雅思此时肯定会暴跳如雷。一个被漠视、被冷漠对待的骄傲的女人，此刻心里不仅是仇恨，更是一种莫名的痛楚。她设计的无数个与宋清平见面的话术版本以及她以主持人的艺术书写的答辩词，此刻全部丧失了意义。法官开庭的程序性的问话，她基本上如机器人般予以应答，直到法官第二次让她发表离婚理由，她才回过神来："法官同志，如果一个男人对爱情、对婚姻有着强烈的维护欲望，会在开庭之时不出席吗？这样的婚姻存续就是折磨人。法院会同意这种存在吗？这就是我的理由。"

就在魏雅思在离婚法庭上悲恨交加的时刻，章则一案的公诉人和黄律师分别做了控告和答辩发言。黄律师表达的意见是，强奸案的证据链未形成闭环，尤其是缺乏受害人的直接证词，互联网的表达不作数，只能作为辅助证据。尤其是当事人在公安局的供词是在其意识受损的状态下作出的，并不能完全表达当事人的真实意志。黄律师向法庭呈示了精神病院的病历检验报告，并进一步阐释说："此案曝光后，当事人在强大的压力下精神失控，形成病因合乎科学逻辑。基于证据闭环的断链，当事人与原告人及公诉人提及的受害人之间的性行为不能被视为性暴力，因此强奸罪不成立。"

　　轮到宋清平发表意见，他慷慨陈词，还附带调侃："关于被告人提及的精神病鉴定的真实性，应当提请人民法院在双方同意的基础上另外指定医院进行法医鉴定。即使撇开这一条，我们追究的是犯罪嫌疑人事发时的犯罪事实。我想，作为韩家的上门女婿，中新集团绝不会遴选一个精神病患者。如果真是这样，中新集团在选人方面的精神就有问题了。"黄律师打断宋清平并抗议这种言辞，法官指示宋清平改变说话的方式。宋清平继续说："这是关于是否违反常识的话题，无论是公诉人还是被告人的律师，都没有否定事发时犯罪嫌疑人与受害者所在的场景以及两个人之间完全陌生的关系。试问一个大学生、优秀职工代表，新婚之夜有可能在雨夜的大街上与一个陌生男人发生关系吗？陪审员和法官可以考虑这个常识。我认为另一个常识就是，如我的当事人提供的视频证明和此案公诉人所言，这种性行为是在受害人酒后丧失反抗能力的情景下，被犯罪嫌疑人以性暴力强加的，而且这一点与犯罪嫌疑人的口供完全一致。"黄律师见法庭风向不太利于自己，于是要求发言，这是他计划的应诉手段，实际上是韩永春的提议。黄律师说："既然说到常识，酒后乱性是男人与女人共有的生理特质，酒后不等于烂醉如泥失去意志。据我所知，昨天晚上宋清平律师就醉了，什么丧失意志的行为都没发生。所以我认为，在无法进行现场证据复原和确认的情况下，所谓直接受害人的作证是真正公平判案的关键。依照法律规定，此类案件在直接受害人具备可以出庭作证的条件下，法庭应当传受害人本人到庭作证。"宋清平与刘敏捷千算万算，就是没算到对手会出此招。尤其是宋清平。他设身处地地考虑江纾媛的女性隐私和面子，实在不宜在大庭广众之下再次被折磨，但要想从根本上打赢这场官司，最好的证据就是江纾媛出庭作证，至少在控告书上签字。但实际上，就连刘敏捷的亲情之刃都未撬开江纾媛这个石垒，而现在最怕江纾媛出庭控诉的被告人，反而主动利用法律手段要求传唤江纾媛，这让宋清平惶恐不安。他突然想到，魏雅思避而不见的这段时间背后是否有玄机？比如，韩雯已经用手段游说江纾媛作反证？但以宋清平对魏雅思品性及对江纾媛的了解，这种被策反的可能性应该不大。犹豫之间，他一时不好决断是否应该按照律师的常理，凡是对手提议主张赞成的，自己就应该反对。刘敏捷也陷入忐忑，江纾媛不支持自己，但不会反过来帮助一个加害她的歹徒，更不可能以自黑与他人偷奸或自甘堕落与他人发生关系的方式，报复他当晚的鲁莽举止。其实，韩永春和黄律师的用意都经过了充分的算计，他们分析，基于江纾媛无意出庭，假设中新集团提议传唤，有可能出现两种局面：第一，江纾媛故意回避，即使违规，她是受害人，法院也不会过分追究，这样的结局有利于章则；第二，刘敏捷和宋清平出于担心江纾媛，所以反对起诉而不让其出庭，这更有利于章则；第三，即使江纾媛出庭，他赌江纾媛基于保护女儿的目的，不愿意让女儿背负"强奸犯女儿"的罪名，甚至是基于对韩雯的诚意和女儿的未来，会做出对章则有利的陈述。至于是什么陈述，他无法断定，但他们认定有魏雅思这个女人在，一定会有一种意想不到的结局。韩雯是不赞成这种策划的，她认为反复伤害一个被苦难折磨的女人，这已经超出诉讼的范畴。作为女人，她不喜欢这种心灵虐待。江纾媛其实是个善良宽容的女人，不能利用人性祸害好人。黄律师说："诉讼对于败诉者而言就是损害，所以利用所有可能打赢官司，避免损害，这不是祸害人性，是法律公平所在，运用所有合法程序争取胜诉。而且这也是双刃剑，是赌博，也未必是算计谁。"韩雯不置可否。

就在所有在场的关联人各自紧张盘算时，法官问原告人是否同意被告人代理人的提议，刘敏捷看了看宋清平，宋清平根本无法拒绝，只有回答不表示反对。法官宣布暂时休庭，待联系上受害人本人，确定抵达时间后，继续开庭。

此时，魏雅思已经结束庭讯，她打微信视频给江纾媛，在视频里诅咒宋清平。江纾媛再次宽慰魏雅思："也许是他实在无法面对，或者他还是陷入我家那位犟驴的案子中，真的无法分身。如果换了我，我会写一个代理词，让助理念，效果也一样。我可以想象得到，代理词就是不同意离婚，陈述你们感情很深，都无过错，不应该判离婚。""居然给你蒙对了，他那个助理就是原文照念。但这哪里是什么爱？就是在侮辱我的智商和能力，写一篇文章就战胜我这个强大的对手，我怎么可能让他得逞？"魏雅思正说着，江纾媛的手机微信视频通话被法院的电话打断。"法院打电话找我，接不接？"魏雅思也觉得奇怪，说："你先接，听听对方说啥。"江纾媛接通电话，对方告之身份，依法请江纾媛出庭作证章则涉嫌强奸一案。书记员好像知道江纾媛会反对，接着说："这是刑事案件，关系到惩罚罪恶维护公平正义，作为公民有义务出庭作证，这也是法律制度，必须遵守，而且要快。"

江纾媛挂断法院电话后立刻接通魏雅思，告知法院的意思，并惴惴不安地问："我是否该去，去了咋办咋说？这难关咋过？"魏雅思说："告诉他们，你去，但你作为证人也可以临时要求知情人作证，我就是那个知情人。有我在，没有过不去的难关。总之，官司来了躲不过，以不变应万变，说真话、讲真事，准管用。"

江纾媛与魏雅思在去法院的路上一直在抱怨刘敏捷为什么一定要以这种虐心的方式对待自己："我已经遍体鳞伤，为什么避无可避，非要拉我去作证？我能做什么证？证明这个人渣强奸了我，判他几年？可在他头上的恶名一旦传播开来，不也会落在我女儿头上？就算证明他没强奸，我是荡妇，我如何忍心加害刘敏捷？真的是祸躲不过吗？我可以出庭，但我可以不作声吗？我可以说我忘记了那段往事吗？我可以撒谎吗？我可以自杀吗？"江纾媛完全不明白法庭上发生的一切，想当然地推理这一切是刘敏捷所为。魏雅思说："事已至此，别难过纠结了，既然躲不过，还是我那句话，勇敢面对，据实描述，说真话，其他的交给法律判定真相。女人已经是不幸，不必再为难自己。我们承诺过放弃追诉，但面对法律坦诚陈述事实，继续秉持不追诉的原则，这不算违背自己的诺言。"江纾媛听完魏雅思的话，若有所思。

江纾媛和魏雅思进入法庭时，除了章则和公诉人、法官，其他在场的人都与江纾媛打招呼。宋清平看见魏雅思，赶紧道歉说结束庭审后再谢罪。

魏雅思声音不大，但凶狠地说："你这边的庭审结束后，我对你的庭审才刚刚开始。"宋清平笑得龇牙咧嘴。刘敏捷也情不自禁地与江纾媛轻轻握手，表达一种复杂的寄意。章则直到江纾媛回答法官名字时，才真正认识眼前这个女人——这个人就是自己在十五年前的雨夜强暴的女人。他想看清楚眼前这个女人，但内心强大的负罪感让他又迅速将眼光从江纾媛身上移开。然而，此时的他已经被眼前这个女人和这种羞耻负罪感唤醒，这两天出窍的灵魂似乎又重新回到了躯体，连一旁的韩雯都可以看到行尸走肉般的章则恢复了生命迹象——她感到既高兴又害怕。

江纾媛在不经意时扫视周边，看见被告席上戴着手铐的男人，才意识到这就是罪魁祸首，是彻底颠覆自己幸福人生的恶棍！一股怒火从心底涌上江纾媛的脑门，但她控制着自己的情绪，竭力让自己不分散精力，听清楚法官的问话，免得答非所问或者祸从口出。法官让她回忆当时的细节，不要带情绪和主观色彩。江纾媛清了清嗓子说："法官让我不带情绪讲过程，可以，但是我陈述事实前必须先一吐为快，否则它会干扰我执行法庭的命令。今天提议让我来讲述当时场景的人，一定是一个不懂尊重女性的男人，你让女人在当庭再次复述被踩躏的场景和感觉，这就是在重新侮辱女人。我抗议这种提议及允许这种行为的人。"法官说："你也有权采取书信文本的方式。""谢谢法官的怜悯，既然我已经站在这里，我所有的女人的尊严也就被放在了一边，我就据实陈述。我只请求法庭，本案的最终宣判无论结局好坏，都要以保护未成人年利益为宗旨，不要把宣判结果发布到网上。"法官对书记员说："请记录证人的要求，并下达一个裁决令，未经本法庭授权许可，任何在场人员不得以任何方式对外传播证人证词以及本案的任何信息。"

　　江纾媛将当日和魏雅思说的那段过程重新复盘。黄律师初始听见江纾媛义愤填膺、怒不可遏地斥责他出馊主意，导致自己再次被蹂躏，心里胆战心惊。他以为后面的基调全都是控诉他和章则，但江纾媛提到因为酒精的作用，她误以为拥抱她的就是自己的丈夫，故而也回报拥吻这一段，他心里高悬的担忧顿时释然，他认定这就是反转的依据。宋清平无论如何也没预判到江纾媛的陈述是这种场景，他从江纾媛的表情读出，这完全就是真实的。但这种过程实在无法判断性行为的暴力性、自愿性，留给法官和陪审员的裁量空间极大，这让他有种失措感。刘敏捷的脸上是难以言表的神色：自己的老婆必须当众描述被他人强奸的过程，这无异于当着他的面凌辱他的女人。他痛不欲生，几次想打断江纾媛的自诉。此时，他才感悟妻子当初拒绝的必要。他此时对江纾媛的证词是否关乎诉讼的胜败已无感觉，他甚至想现场撤诉。韩雯是第一次真实感知自己的丈夫对另一个女人施暴的全过程，她与刘敏捷有同病相怜的感触，她觉得无地自容，自己拼命维护的男人其实就是一个彻头彻尾的强奸犯，一个强奸犯的妻子竟然竭尽全力维护强奸犯丈夫，无异于自己的道德已经被全世界强奸！站在被告席上的章则在听完江纾媛的发言后，大汗淋漓，被激活的灵魂随着江纾媛的讲述回到了十五年前的现场。他暗自下定决心，不为任何人活下去，只为自己的良心活一次！

　　魏雅思已经听过一遍江纾媛的哭诉，此次她在法庭上看见江纾媛毫无表情，以像是描述他人经历的神态讲述当时的过程，她已经感觉到一个身心被摧残到极致的女人的悲哀，悲哀至极的表现就是麻木。她只能在江纾媛发言完毕时拥抱自己的朋友。而江纾媛此时极为平静地对所有人说："我已经履行了一个公民的义务，我被命令前来，我无权拒绝，但我离开，不需要任何人允许，这是我的权利。"江纾媛说完，掉头就走。魏雅思也随之离开。刘敏捷也控制不住自己，陷入了崩溃的情绪，也径直离开。法庭上出现了前所未有的没有原告人在场的诡异场景。但这并未打断诉讼进程，法官让双方律师作最后陈述。

　　宋清平复述了一遍开头的理由，最后阐释道："被告人利用当事人在酒精刺激下不能完全自控，与当事人发生性行为，未征得当事人性同意，就是一种典型的强奸。强奸罪是一种极恶，法律不允许以任何模糊和边际放纵这种极恶。倘若形成判例，无形之中就会给无数不法之徒带来侥幸心理并加以效仿，如此对更多的妇女和对社会秩序将带来极大的危害。刑法的核心是面对极恶必须坚守正色直绳，画一之法的基本原则。我的观点是对犯罪嫌疑人必须绳之以法。"

　　轮到黄律师发言时，黄律师调侃了一下宋清平："我注意到原告人代理人是一位非常感性且充满了道德感正义感的好律师，但我需要提醒的是，法律虽然必须严惩刑事案件中的不法之徒，但正因为法律具有严酷性，所以必须严谨确定定罪的证据逻辑，防止因疏漏给当事人造成无法挽回的人格、人权及人身伤害。因此，刑法最忌讳以所谓的道德绑架和推理进行刑罚。原告人提及的受害人的陈述具有绝对的性暴力排除意义，我的当事人完全不构成强奸罪的证据闭环。从对方代理人的道德层面，我想补充一点看法，我当事人的所作所为的的确确给原告人带来极大的困惑和不适，但我的当事人以事后的善意做出了超出常人想象的各种补救，就像我在开始陈述的那样，他领导的中新集团即将上市，这不仅会对他所在的企业、他个人，甚至对我们所在的城市，都是一个获取巨大发展的机会。但他克服了所有常人的自私，甘愿冒着身败名裂、财富尽失和牢狱之灾的风险去拯救因其不当而致使所谓受害人生产哺育的孩子的生命，其实际善意的直接结果远远超越给受害人带来的困惑，并得到了受害人的形式谅解。我们在使用刑法时，虽然要有'天网恢恢，疏而不漏'之严，同时要在一定程度上体现中国法治精神中的和谐文化要义，即'德主刑辅、司法仁政、恤刑慎狱、少刑少讼'，在法度的框架内，鼓励不慎犯错者或轻罪者最大化补过，将其伤害性降低到极限，要在一定程度上提供自省自救的通道以达成民意和解，这才是当今的法治文化的内核。综上，我的代理意见是，我的当事人强奸罪指控因证据不足，应宣告无罪并当庭释放，请法庭合议。"

　　法官与几位陪审员议论之后，说道："基于本案情况复杂，待合议庭合议后报审委会再行宣判。"法官正准备宣布结束时，章则突然大声说道："我是被告人，我有重要证据需要补充。"所有在场人员异常惊讶地看着章则。法官说："允许。请提供证据并告知证据目的。"章则说："在我汽车后备箱底层有一部手机，手机可以打开，里面有一段完整视频可以证实当时我就是强奸了那个女人，我是一个十足的强奸犯，我愿意为自己的恶行服法！但我希望，这个视频只能由法庭阅示。"法官同意了章则的请求，并安排工作人员在法警的护送下，从章则的汽车里取出手机。法官和陪审员看完，问章则这段视频拍摄和获取的方式。章则如实相告："当晚，我从酒吧出来，正在打电话和妻子争吵，愤怒之下将手机扔掉，不小心触动了录像键。我逃离现场时又捡起手机，事后才看到这段视频。我一直保存着，想向被我加害的女人请罪，但苦于没有找到机会。等找到了，我却丧失了谢罪的勇气。刚才在法庭上，我就想实现这个心愿，结束我的噩梦，可惜再次错过。我现在自证，借此彻底谢罪！"

在刘敏捷家楼下，韩雯对下楼来的江纾媛说："章则已经被羁押，尚未判决。我们今天不谈此案，也不谈道歉和致谢，只聊继续履行我们上次的协议。我已做了资金捐款公证。"韩雯掏出一个 U 盘递给江纾媛，继续说道："里面有所有公证资料、账号、密钥和密码。现在由你和魏雅思管理。"江纾媛拒绝接受："我在法庭上的陈述完全就是事实，不存在帮助谁、背叛谁、害了谁。我绝对不会因为任何其他事宜导致我的真实被误解。我已经和雅思商量过了，我们都不参与这个基金，一切与这场噩梦有任何关联的事，我一概拒绝接触。这也宣告有关此事所有的记忆全部翻篇，包括恩怨。但我们希望，善良不会翻篇，更希望这个国家，这个城市有一个拯救健康治愈心灵的基金存在。"

《水城日报》头版新闻：

中国第一家由社会捐款成立，旨在关怀失足人员心理康复的爱心基金正式运作。

尾声 **拾**

———

法律之下只有笑声。

　　看守所。黄律师将一份《水城日报》递给章则，章则看到其中一条新闻标题：中国第一家由社会捐款成立，旨在关怀失足人员心理康复的爱心基金正式运作。章则问："不是说是救治儿童白血病的基金吗？"黄律师说，韩总说，中新集团的所有慈善都不发布新闻。但这种拯救不是慈善。黄律师看着章则的手铐，问："不是协商好了吗，可以不用戴手铐的！"章则苦笑："这是我自己要求的。我现在已经对这种场景不再恐惧。我的精神病已经康复。"黄律师说："我问过法官，你这案子未来的量刑方向，法官说，在他的职业生涯中，第一次看见这种自证其罪的案例，他们现在正在讨论两种可能：一是考虑最轻实刑处罚；二是有可能判缓。韩总的意见是我们不再发表意见。听由法院判决。"两人正说着，宋清平进入，黄律师与宋清平握手："尽管你是来看笑话的，但还是要祝贺，你又赢了。"宋清平拿出刘敏捷签字的刑事和解书："法律之下没有笑话，只有笑声。"